Meu Pai é um Homem-Pássaro

Esta é uma obra de ficção. Nomes, personagens, lugares e fatos são ou produto
da imaginação do autor ou, se reais, usados ficcionalmente.

Esta obra foi publicada originalmente em inglês com o título
MY DAD'S A BIRDMAN
por Walker Books, Londres
Copyright © 2007 David Almond para o texto
Copyright © 2007 Polly Dunbar para as ilustrações
Publicado por acordo com Walker Books Limited London SE11 5HJ

O Copyright, Designs and Patents Act 1988 garante a David Almond e a Polly Dunbar o direito de serem
identificados respectivamente como autor e ilustradora desta obra.

Todos os direitos reservados. Este livro não pode ser reproduzido, no todo ou em parte,
estocado em sistemas eletrônicos recuperáveis nem transmitido por nenhuma forma ou meio, eletrônico, mecânico
ou outros sem a prévia autorização por escrito do Editor.

Copyright © 2010, Editora WMF Martins Fontes Ltda.,
São Paulo, para a presente edição.

1ª edição 2010
6ª tiragem 2023

Tradução
MARILUCE PESSOA

Coordenação editorial
Todotipo Editorial
Preparação do original
Cristina Yamazaki
Revisões
Danilo Nikolaidis
Leonardo Ortiz Matos
Produção gráfica
Geraldo Alves
Paginação
Estúdio Bogari
Ilustração da capa
© 2007 Polly Dunbar

Dados Internacionais de Catalogação na Publicação (CIP)
(Câmara Brasileira do Livro, SP, Brasil)

Almond, David
  Meu pai é um homem-pássaro / David Almond ; ilustrações Polly
Dunbar ; tradução Mariluce Pessoa. – São Paulo : Editora WMF Martins
Fontes, 2010.

  Título original: My dad's a birdman
  ISBN 978-85-7827-176-3

  1. Literatura juvenil I. Dunbar, Polly. II. Título.

09-07827   CDD-028.5

Índices para catálogo sistemático:
1. Literatura juvenil   028.5

Todos os direitos desta edição reservados à
Editora WMF Martins Fontes Ltda.
Rua Prof. Laerte Ramos de Carvalho, 133 01325-030 São Paulo SP Brasil
Tel. (11) 3293.8150 e-mail: info@wmfmartinsfontes.com.br
http://www.wmfmartinsfontes.com.br

DAVID ALMOND

MEU PAI É UM HOMEM-PÁSSARO

Ilustrações
POLLY DUNBAR

Para Freya e David Lan
D. A.

Para meu pai
P. D.

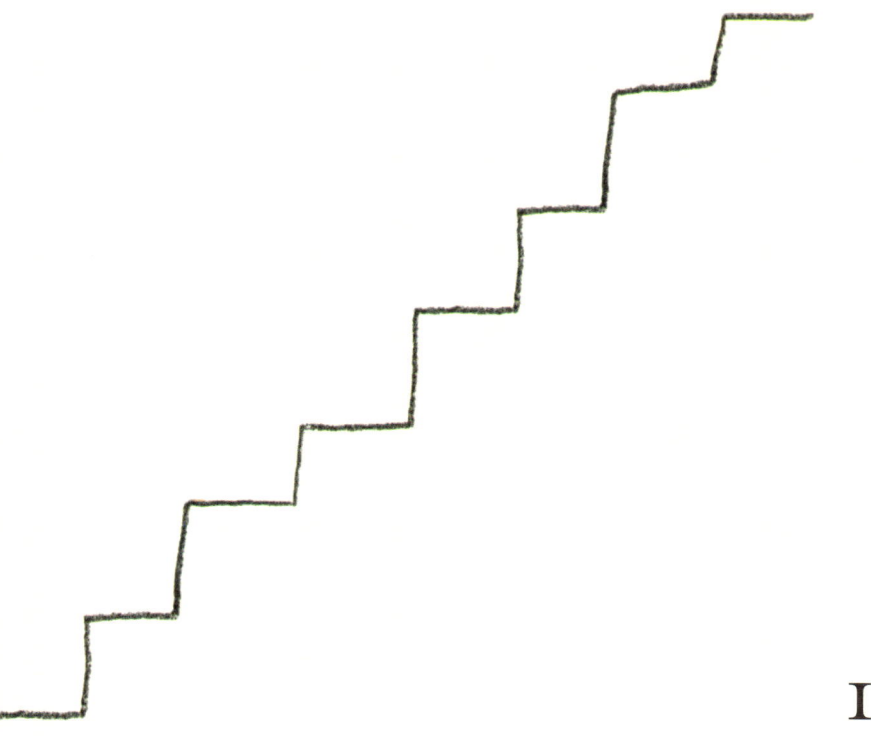

I

Uma manhã de primavera, na travessa Cotovia, 12. Os passarinhos piavam e assobiavam lá fora. O tráfego da cidade rugia e roncava. O despertador de Lizzie disparou: trrrrrrrrim. Ela pulou da cama, lavou o rosto, esfregou atrás das orelhas, escovou os dentes, penteou os cabelos, vestiu o uniforme, desceu a escada, encheu a chaleira, pôs a água para ferver, colocou o pão na torradeira, arrumou sobre a mesa dois pratos, duas canecas, duas facas e mais leite, manteiga e geleia, e depois foi até o pé da escada.

— Pai! — gritou a menina. — Pai!

Não houve resposta.

— Pai! Está na hora de levantar!

Não houve resposta.

— Se você não levantar agora, eu vou até aí e...

A menina pisou firme no primeiro degrau, depois no segundo.

— Estou subindo! — ela gritou.

Ela ouviu um resmungo e um gemido, e em seguida mais nada.

— Vou contar até cinco. Um... dois... dois e meio... Pai!

Escutou uma voz abafada vindo de lá de cima.

— Tá bem, Lizzie! Tá bem!

Ouviu uma pancada e outro gemido, e então lá veio ele, com um roupão velho por cima do pijama, chinelos gastos, cabelos desgrenhados e a barba por fazer.

— Venha já — disse Lizzie.

Ele desceu aos trancos e barrancos.

— E não olhe pra mim com essa cara.

— Tá bom, Lizzie.

Ela ajeitou o roupão dele nos ombros.

— Olhe seu estado — ela disse. — O que é que andou fazendo lá em cima?

Ele deu um sorriso largo.

— Estava sonhando — ele respondeu.

— Sonhando! Mas que homem! Agora sente na mesa. E com a coluna ereta.

— Tá bom, Lizzie.

Ele sentou-se na beirada da cadeira. Seus olhos brilhavam de felicidade. Lizzie serviu-lhe uma xícara de chá.

— Beba isto — disse, e ele tomou um gole. — E coma esta torrada — e ele deu uma dentadinha no canto da torrada. — Coma direito, pai — e ele deu uma dentada maior. — E mastigue bem — disse. Ele mastigou um pouquinho. — *Engula* isso, pai.

Ele sorriu.

— Tá bom, Lizzie — ele deu uma dentada grande, mastigou, engoliu e abriu a boca para que ela examinasse lá dentro. — Comi tudo. Está vendo?

— Ora, não seja bobo, pai — respondeu a menina, desviando o olhar. Então alisou e escovou os cabelos dele. Endireitou a gola da blusa do pijama. Sentiu a barba áspera do queixo do pai.

— Você tem que se cuidar — ela disse. — Não pode continuar desse jeito, não é? Ele fez que não com a cabeça.

— Não, Lizzie — respondeu o pai. — Claro que não, Lizzie.

— Quero que você tome banho e faça a barba hoje. E troque de roupa.

— Tá bom, Lizzie.

— Ótimo. E o que mais vai fazer hoje?

Ele sentou-se ereto e a encarou.

— Vou voar, Lizzie. Como um pássaro.

Lizzie revirou os olhos.

— Vai mesmo? — ela perguntou.

— Vou, sim. Vou entrar numa competição.

— Competição? Que competição?

Ele riu, inclinou-se sobre a mesa e pôs a mão no braço da menina.

— A Grande Competição do Pássaro Humano, claro! Você não ouviu falar? Vai ser aqui na cidade! Eu soube ontem. Não, anteontem. Ou talvez na semana passada, na terça. Bom, não importa. O primeiro a atravessar voando o rio Tyne ganha mil libras. E eu vou me inscrever. É verdade, Lizzie. É verdade mesmo. Eu vou ganhar! Vou ficar famoso, finalmente.

Ele se levantou, estendeu os braços abertos e os agitou no ar.

— Os meus pés estão no ar? — ele perguntou. — Estão? Os meus pés estão no ar?

Ele corria e agitava os braços, como se estivesse voando.

— Ah, pai — disse Lizzie. — Não seja bobo.

Ela correu atrás do pai, dando voltas e mais voltas pela sala. Enfim o alcançou, alisou os cabelos dele mais uma vez e ajeitou-lhe o roupão.

— Tá bem — ela disse. — Você pode até voar como um pássaro, mas não deixe de tomar ar puro e de comer todo o seu almoço! Combinado?

Ele fez que sim com a cabeça. — Tá bom, Lizzie — respondeu, e em seguida agitou os braços de novo e riu.

— Ah, e a tia Doreen disse que talvez passe por aqui hoje.

Isso fez seu pai parar de repente, estava na cara que tinha levado um susto.

— A tia Doreen? — repetiu o pai.

Ele retorceu o rosto e suspirou.

— Ai, de novo, não!

— De novo, sim. Ela traz você para o chão.

Ele bateu o pé esquerdo no chão. E depois bateu o pé direito.

— Mas, Lizzie... — resmungou o pai.

— Nada de "mas, Lizzie" — disse a menina. — Tia Doreen ama você, tanto quanto eu. E ela se preocupa com você, tanto quanto eu. Então seja bonzinho com ela.

Os ombros dele arriaram e os braços penderam ao lado do corpo. Lizzie pegou a mochila da escola e deu um beijo no pai. Ela sorria e balançava a cabeça de leve. Ele parecia um menininho ali em pé.

— O que eu faço com você? — perguntou a menina.

— Não sei, Lizzie — ele murmurou.

Ela hesitou.

— Não sei se devo deixar você sozinho.

Ele riu.

— Claro que deve — afirmou. — Precisa ir à escola para aprender a contar e a escrever.

O pai tinha razão. Lizzie precisava ir à escola. Gostava da escola. Gostava de fazer contas, de escrever, dos professores, e gostava do diretor, o senhor Mint, que estava sendo tão atencioso com ela e com seu pai.

— Tá bem — ela concordou. — Eu vou. Agora me dê um beijo de despedida.

Ele a beijou na bochecha. Os dois se abraçaram. Ela ergueu o dedinho.

— Mas não se esqueça.

— Tá bem, Lizzie, não vou esquecer. Tomar banho. Fazer a barba. Comer bem no almoço. Tomar bastante ar puro. E ser bonzinho com a tia Doreen.

— Muito bem. É isso aí.

— E também não vou esquecer de voar.

— Ah, pai.

Ele pôs a mão no ombro dela e a conduziu até a porta.

— Agora vá — ele disse. — Não precisa se preocupar com nada. Vá para sua adorável escola.

Lizzie abriu a porta e saiu para o jardim. Encarou o pai com ar atento.

— Tchau, tchau — ele disse.

— Tchau, tchau, pai.

Ela seguiu pelo jardim, atravessou o portão e chegou à rua. Ficou ali por um instante e virou-se para ele.

— Vá *embora* — disse o pai. — Eu estou *bem*.

Lizzie retomou seu caminho. Ele acenou até perdê-la de vista e então fechou a porta. Começou a rir sozinho, sacudindo os braços.

— Piu, piu — fez ele. Tirou um pedaço de torrada que estava debaixo da língua. Cuspiu-o no chão. — Piu, piu — repetiu. — Piu piu, piu piu.

Então viu uma mosca sobre a mesa.

— Hum, que delícia! — ele disse e saiu atrás da mosca.

2

A mosquinha era rápida demais para Jackie. Levantou voo e ficou zunindo em torno dele. Pendurou-se no teto de cabeça para baixo, enquanto ele piava, arfava, soprava forte e abanava os braços.

— Eu te pego, sua danadinha! — disse ele. — Desce aqui, que eu vou te devorar.

Mas ela não desceu, e ele não a devorou. Ele sentou-se no chão para tomar fôlego. Então teve outra ideia e começou a rastejar rente ao rodapé. Cutucou as tábuas do assoalho com as unhas e encontrou besourinhos pretos, insetinhos marrons e estranhos e horripilantes bichinhos brancos. Foi catando um por um e jogando dentro da boca.

— Hum, que delícia, que delícia! — disse ele. — De que serve uma torrada para um homem como eu? Um homem como eu precisa de besouros, moscas e centopeias.

Recostado na parede, estalou a língua e suspirou de satisfação. Levantou-se e sacudiu os braços. Ficou na janela olhando para o jardim. Não reparou que Lizzie espiava por trás de uma árvore.

— Um homem como eu precisa de minhocas! — exclamou. — Cuidado, suas minhoquinhas nojentas! Hum! Logo, logo vou pegar vocês!

Então se calou, seus olhos ficaram vidrados, e deu um sorriso largo.

— Ah, se ela soubesse — murmurou para si mesmo. — Se minha querida Lizzie soubesse — enfiou a mão no bolso do roupão, tirou uma chave e subiu a escada na ponta dos pés.

3

Entrou no quarto na ponta dos pés, circulou a cama na ponta dos pés e, na ponta dos pés, foi até um armário que ficava encostado na parede. Girou a chave na fechadura e, bem devagar, com muito cuidado, abriu a porta. Suspirou e sorriu de alegria.

— Venham para fora, minhas belezinhas — disse ele.

Estendeu o braço e tirou de dentro do armário um par de asas.

— Elas são fan-tás-ti-cas! — exclamou. Tirou o roupão e vestiu as asas por cima do pijama. Elas eram feitas de penas, barbante, retalhos de camisas velhas, pedaços de bambu, arame, linha, papelão e penas e mais penas. — Elas são mesmo fan-tás-ti-cas! Espere só minha Lizzie ver isso.

Ele ficou na ponta dos pés. Esticou os braços. Fechou os olhos. Sonhou que voava como uma andorinha, como um andorinhão, como um falcão, bem alto por cima da casa. Enquanto sonhava, alguém lá fora começou a anunciar:

— Inscrições para a Competição do Pássaro Humano! Inscrevam-se todos para a Grande Competição do Pássaro Humano!

Ele não ouvira a princípio, embora a voz fosse muito alta e ressoasse pela rua, pelos muros e pelos telhados.

— Espere só a Lizzie ver isso — repetiu. — Como ela vai ficar orgulhosa!

A voz explodiu de novo:

— INSCREVAM-SE TODOS PARA A COMPETIÇÃO DO PÁSSARO HUMANO!

— Hã? — resmungou o pai. — "O que é aquilo?", vão perguntar. E ela vai dizer: "Aquele ali é meu pai. Ele não é um pai incrível?".

A voz explodiu *de novo*.

— INSCREVAM-SE TODOS PARA A GRANDE COMPETIÇÃO DO PÁSSARO HUMANO!

Ele correu até a janela. Havia um gorducho perto do portão. O homem carregava uma prancheta. E segurava um megafone.

— INSCRIÇÕES PARA A...

O pai escancarou a janela. — Ei! — ele gritou, acenando com a mão para o gorducho. — Eu, senhor! EU!

O homem parou de anunciar e olhou para a janela.
— FOI VOCÊ? — gritou.

— Sim! Eu! Espere um pouco, senhor!

O pai desceu a escada correndo. Abriu a porta da frente e gritou de novo.

— EU! EU! EU!

O gorducho afastou o megafone da boca.

Ele abriu o portão e atravessou o jardim com a prancheta embaixo do braço. Passou pela porta aberta e foi até a cozinha. Deixou o megafone na mesa. Levantou a prancheta. Lambeu a ponta do lápis e olhou para o pai de Lizzie, que tremia. Com a agitação, as asas tremulavam. Ele estava quase sem ar.

— Então, o senhor quer participar — disse o homenzinho gordo — da Grande Competição do Pássaro Humano.

— Isso — disse o pai. — Quer dizer, quero, sim, por favor, senhor.

— Eu me chamo — disse o homem — senhor Poop.

— Sim, por favor, senhor Poop.

O senhor Poop examinou o pai, as asas e a sala. Lambeu o lápis de novo antes de preencher o formulário.

— Nome? — perguntou.

— Jackie — respondeu ele.

— Jackie de quê?

O pai de Lizzie pestanejava. Ficou matutando. Tentou se lembrar. Então respondeu:

— Meu nome é Jackie... Corvo.

— Tem certeza? — insistiu o senhor Poop.

— Tenho! — disse ele. — Quer dizer, tenho, sim, senhor Poop.

O senhor Poop anotou no formulário e, enquanto escrevia, repetia:

— Jack-ie Cor-vo. Profissão?

O pai pestanejou, e mais uma vez ficou matutando, tentando se lembrar.

— Senhor Corvo — insistiu o senhor Poop —, qual é sua profissão? O que é que o senhor faz?

— Eu sou voador! — respondeu de pronto. — É isso, sou homem-pássaro. Acho que eu fazia outra coisa qualquer antes, mas não consigo me lembrar exatamente o que era. Eu sou homem-pássaro!

O senhor Poop lambeu o lápis. — Homem... pássaro — murmurou enquanto escrevia. — E qual é seu método de propulsão?

O pai arregalou os olhos. *Método de propulsão?* O que aquele homem queria dizer com "método de propulsão"?

— Hã? — resmungou.

— Qual é o seu método de propulsão, senhor Corvo? — perguntou o senhor Poop. — Como é que o senhor vai voar?

O pai então compreendeu, balançou os ombros e esticou as asas lá para o teto.

— Ora, com as minhas asas, claro — respondeu. — Não são lindas, senhor Poop?

Ele bateu as asas mais rápido. Correu em torno da sala.

— Não são *magníficas*?

4

Quando o pai parou, com o rosto afogueado, quase sem fôlego, o senhor Poop inspecionou aquelas asas. Tocou nas penas com um gesto delicado. Cheirou. Puxou. Ponderou. Suspirou.

— Então — disse o pai. — Não acha que elas são magníficas?

— Hummmmmmmmm — fez o senhor Poop.

— Ah, sei — suspirou o pai. — Ainda não estão perfeitas. Precisam de um ponto aqui, um alfinete ali, um prego acolá, um papelão ali e mais umas penas lá. Fora isso...

— Hummmmmmmmmmmmmmmmmmmm — fez o senhor Poop de novo.

— E eu vou ter bico e crista, claro — completou.

O senhor Poop andou ao redor do pai de Lizzie. Tocou. Cheirou. Puxou. Suspirou.

— Asas, bico, crista — murmurou ele.

O pai observava o senhor Poop com bastante atenção. Sabia que o senhor Poop não estava convencido.

— E eu tenho fé! — exclamou.

O senhor Poop levantou os olhos.

— Fé, senhor Corvo?

— Sim, fé, senhor Poop. Eu sei que vou conseguir, entende? Eu *acredito* que vou conseguir.

O senhor Poop ponderou mais uma vez. Deu uns tapinhas na própria bochecha. Lambeu o lápis. Alisou a barriga roliça. Então falou:

— A competição será dura, senhor Corvo. Os candidatos vêm de todas as partes do mundo. Tem um francês que parafusou asas numa bicicleta. Uma japonesa com um pula-pula de dez metros de altura. Um brasileiro com uma sombrinha na cabeça e uma hélice no traseiro. Tem gente trazendo paraquedas, catapultas, motonetas, hélices, molas gigantes e...

— E eu tenho as minhas asas e a minha fé — completou o pai.

— Hummmmm — retrucou o senhor Poop. — Está ciente dos perigos? Pancadas na cabeça, ossos quebrados, cortes e machucados, afogamento no rio... Cair do céu não é nada bom, senhor Corvo.

— Cair! — zombou o pai. — Me dê esse lápis.

O senhor Poop entregou-lhe o lápis. E segurou a prancheta.

— Assine aqui, senhor Corvo.

O pai assinou com um floreio.

— E aqui — disse o senhor Poop. — E aqui também.

Ele assinou de novo, de novo e de novo.

O senhor Poop examinou o formulário de inscrição. Enfim assinou, com uma letrinha gorducha.

— Inscrição aceita — ele confirmou, e o pai de Lizzie suspirou de alegria e se aproximou para dar um abraço no senhor Poop, que, muito esperto, se afastou.

— Esperamos o senhor no próximo domingo. A decolagem é às dez da manhã. E aconselho usar um capacete resistente. Até logo.

Pegou o megafone em cima da mesa e enfiou a prancheta embaixo do braço. Saiu pela mesma porta. O pai o observou atravessar o jardim, passar pelo portão e desaparecer na rua.

Então ficou a observar os pássaros no céu.

— Capacete! — murmurou. — Quem precisa de capacete? Olhe aquele corvo lá em cima. Como ele paira no ar. Olhe como ele bate as asas e voa com tanta graça. É assim que deve ser!

Ficou ali sonhando. E em seus sonhos ele voava alto sobre o jardim, sobre a cidade, sobre o rio Tyne, e não notou que Lizzie saíra de trás da árvore e vinha em sua direção. Não percebeu nem que a menina estava parada à sua frente, abanando a mão diante de seu rosto.

— Pai — chamou. — Pai.

Estava nos ares, perdido no mundo dos sonhos. Ele voltou para casa, fechou a porta e não percebeu que Lizzie entrou a seu lado.

5

O pai corria em torno da sala. Agitava os braços. Piava, arrulhava, chiava e grasnava. Lizzie esticou a mão quando ele passou correndo a seu lado. Falou com o pai. Mas ele não a viu, nem a ouviu. Ela o observava do canto da sala.

— Eu estou no ar! — ele gritou. — Meus pés estão no ar! No ar!

Riu de si mesmo.

— Não, não estão, seu cabeça de vento — ele disse. — Mas vão ficar no ar! Um pouco mais de prática. Umas horinhas mais! Alguns dias mais! *Iupi!*

Quase não conseguia parar em pé, de tão arfante e ofegante. Inspecionou as asas. Remexeu nas penas, nos barbantes, nos grampos e nos alfinetes. É, ainda estavam longe da perfeição. Precisavam, sim, de alguns ajustes: uma torcidinha aqui e um apertinho ali. Mas, aos seus olhos, elas eram mágicas. Melhores que hélices ou paraquedas, melhores que catapultas ou pula-pulas. Eram essas asas que o fariam alçar voo como um pássaro, e que dariam a vitória a Jackie Corvo, morador da travessa Cotovia, 12. Deu um abraço em si mesmo, sonhando com o dia da competição. Ficou imaginando os outros se batendo nas águas do rio e gritando por socorro, enquanto ele voava lá no alto. Via Lizzie lá embaixo, à margem do rio, olhando para ele, acenando e anunciando em altos brados para todos:

— Aquele é meu pai! É Jackie Corvo! Meu pai é um homem-pássaro! É o melhor homem-pássaro do mundo e o melhor pai que existe!

Ele riu e apanhou um besouro do chão. Lizzie sentiu ânsia de vômito quando o pai meteu o bichinho na boca.

— Nham, nham, que delícia! — ele disse.

Ele foi até a mesa, afastou as coisas do café da manhã e com um gesto rápido subiu na mesa.

— Não, pai! — gritou Lizzie.

— Um! — ele disse. — Dois...!

— Pai! Não! — gritou Lizzie, e ela deu um salto para tentar salvá-lo, mas era tarde demais.

— Três! — ele gritou. — Já!

Deu um pulo para alcançar o teto, mas estatelou-se no chão.

— Ui! — gemeu ele. — Ai, minhas costas! Ui, meu joelho! Ai, minha cabeça!

— Pai! — exclamou Lizzie. — Assim você vai se machucar!

Ele ria, apesar da dor.

— Quase consegui, Lizzie! Estive bem perto desta vez! Você viu? Meus pés estavam... — ele parou. Encarou-a, com os olhos arregalados. — O que é que você está fazendo aqui, menina?

Ela o ajudou a sentar-se.

— Estou aqui porque fiquei preocupada — disse ela. — E eu tinha razão, você podia ter se arrebentado, não é?

— Me arrebentado? Não seja boba — ele sacudiu os ombros. — Gostou das minhas asas, Lizzie? Estavam escondidas, queria fazer uma surpresa pra você.

Ela tocou nas asas e as cheirou.

— É — ela respondeu. — Acho que são lindas, pai, mas...

— Não tem que achar nada. Com essas asas, vamos ficar ricos e famosos!

— Mas, pai...

— E você devia estar na escola. Como ficam a matemática e todas as outras aulas? O que o senhor Mint vai dizer?

Lizzie não sabia o que o diretor iria dizer, mas sabia que ficaria preocupado. Ele iria querer ficar a par do que estava acontecendo.

— O senhor Mint é um homem bom — ela disse. — Ele sabe que às vezes preciso ficar em casa.

Ela examinava as asas do pai. O barbante, as plumas e os arames haviam sido cuidadosamente entrelaçados. Tocou numa das penas com a ponta do dedo. Era tão macia, e tão graciosa. Tocou em outra, escura e brilhante.

— Essa daqui é de um pássaro-preto? — ela perguntou.

— É, Lizzie, é, sim.

O pai tirou as asas. Quando ele as levantou, elas farfalharam como árvores, como se estivessem vivas. Ele apontou para outras penas. Mostrou a Lizzie uma pena de pombo, uma de sabiá e uma de gralha. Mostrou também como a pena do corvo é grande e como a da gaivota é forte. E mostrou ainda a peninha delicada de um pintarroxo, a pena de colorido suave de um pintassilgo e a pluma belíssima da doce cambaxirra.

Lizzie sorria enquanto ele fazia aquela apresentação. E os dois suspiravam juntos ante a beleza das penas e das asas. O pai sempre se dera bem com trabalhos manuais. Sempre soubera fazer muitas coisas, como a casinha de boneca que construíra para o quinto aniversário da menina e as marionetes e o teatrinho que fizera no Natal quando ela tinha seis anos. E o balanço do jardim, e a casinha de brinquedo, que era como uma cabana de conto de fadas. E livros feitos a mão, e bonecas. Mas aquelas asas eram mais do que isso, eram algo completamente diferente, extraordinário.

— Elas são lindas, pai — a menina sussurrou.

— Achei todas no jardim — disse ele. — Não é incrível

o que a gente pode achar embaixo das árvores? Há penas por toda parte.

— Você é tão inteligente! — disse Lizzie, mas em seguida balançou a cabeça num gesto de reprovação. — Mas também é bobo, pai. Um homem não pode voar só porque se enche de penas.

— Pode, sim! — respondeu o pai. — É uma questão de coordenar o pulo com o movimento das asas. Basta acreditar, e sair voando! — deu um suspiro. — Mas tem um probleminha.

— Qual? — perguntou Lizzie.

Em resposta, ele pôs a mão na barriga. Balançou-a de um lado para o outro. Lizzie sorriu. Seu pai sempre fora gorducho, não se lembrava de tê-lo visto magro algum dia.

— *Este* é o problema — ele disse. — Olhe para esta barriga, Lizzie. Estou gordo demais. Isso é o que está me impedindo. Você já viu pássaro gordo? Já viu pássaro cambalear?

Lizzie parou para pensar. Havia os perus de Natal grandes e gordos, que quase não conseguiam andar, muito menos voar. Mas ninguém esperava que eles voassem. Esperava-se que eles ficassem gingando pelo quintal, que se alimentassem bem durante alguns meses para terminarem recheados na mesa do Natal. E havia aquelas pobres galinhas enormes naquelas gaiolas minúsculas. E...

O pai percebeu o que ela estava matutando.

— Alguma vez você viu alguma dessas aves gordas *voando*?

Ela fez que não com a cabeça.

— Claro que não! — disse o pai. — E por quê? É por causa do que elas comem!

Ele apanhou um besourinho do chão e o engoliu. Lizzie deu um berro.

— Os pássaros comem insetos, moscas, frutinhas, sementes e minhocas — disse o pai. — Eles não comem comida pesada. Nem torrada. E com certeza não comem os jantares preparados por sua tia Doreen!

Ele devorou outro inseto.

E repetiu:

— Piu piu! Piu piu!

Um pássaro cantou lá fora.

— Está vendo? — ele observou. — Está funcionando. Crá, crá! Crá, crá! — ele grasnou exatamente como um corvo, e nesse momento um corvo gritou lá fora.

— Está vendo? — observou. — Vou ser o homem-pássaro perfeito. E tudo por você, Lizzie. Você vai ficar muito orgulhosa.

— Mas, pai — disse em tom carinhoso, com a mão no braço do pai —, eu não preciso que você seja um homem-pássaro. Só preciso que você seja meu pai.

O pai parou. Olhou Lizzie nos olhos.

— É mesmo? — perguntou, como se aquilo nunca tivesse lhe passado pela cabeça.

Lizzie ia começar a falar quando uma voz lá de fora a interrompeu.

— Jack? Jackie!

O pai da menina se encolheu.

— Ah, não! — ele protestou. — Ela já chegou?

Ele deu um salto. Grasnou como um corvo. Correu para o jardim. E não havia como detê-lo.

— Olá, minhoquinhas! — ele disse.

6

Tia Doreen invadiu a casa. Ela estava de avental verde com flores vermelhas. Tirou o chapéu amarelo. Pisou firme no chão com suas botas azuis brilhantes. Deixou em cima da mesa uma sacola grande de tecido xadrez cheia de compras.

— Elizabeth! — exclamou. — Você viu aquele gordo maluco lá fora?

— Que gordo maluco? — perguntou Lizzie.

— Só existe um gordo maluco por aqui e não sou eu, nem você. É aquela competição maluca, não é?

— É, tia Doreen.

Tia Doreen revirou os olhos.

— Pássaro humano, sei — ela retrucou. — A cidade toda está enlouquecendo. As pessoas deviam se preocupar em ser pessoas, essa é a minha opinião. Você não acha, Elizabeth?

— Acho, tia Doreen.

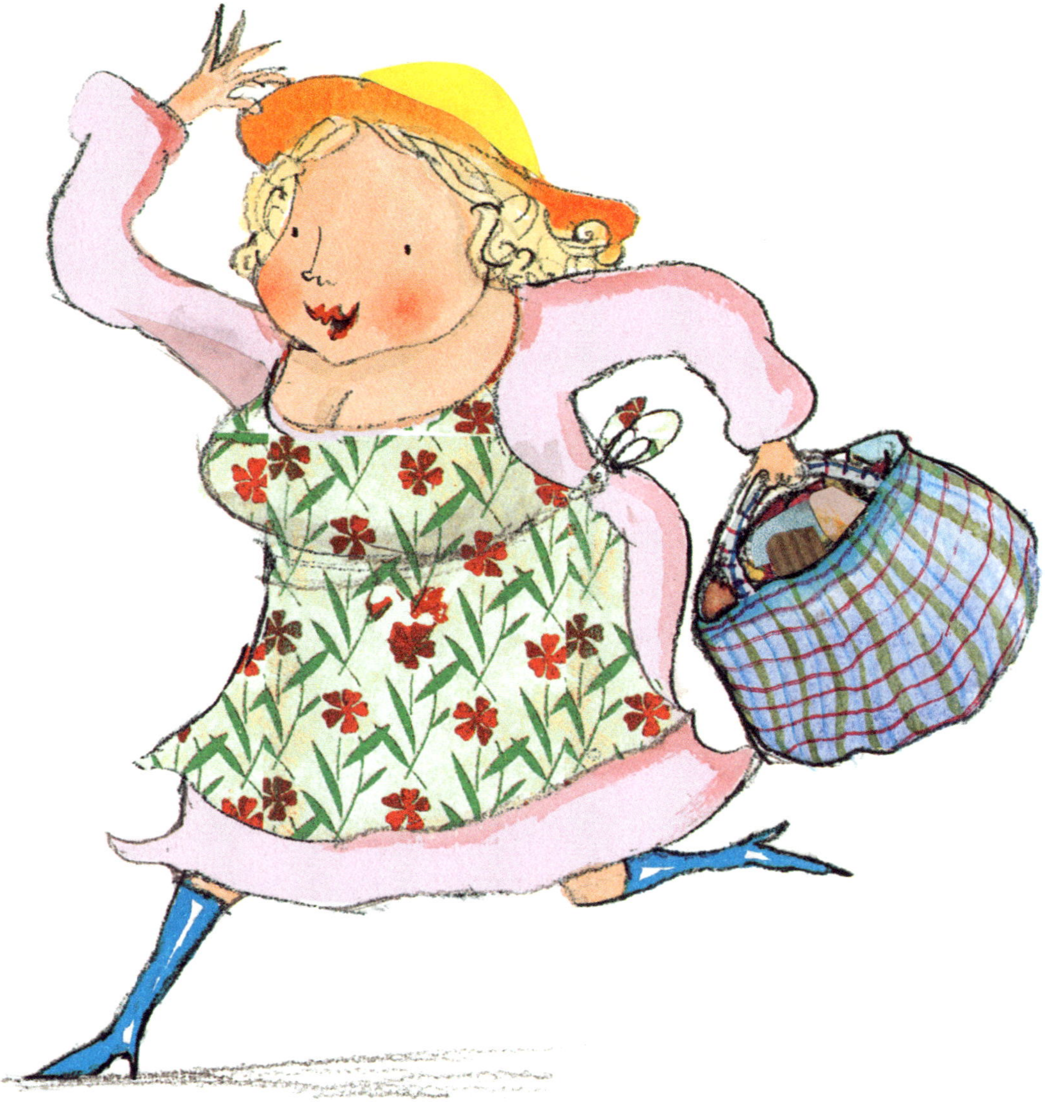

— Elas deviam manter os pés em terra firme. Você não acha, Elizabeth?

— Acho, tia Doreen.

— Claro que você acha.

Tia Doreen andava em círculos pela sala, abanando os braços, grasnando como um pássaro e levantando as mãos para o céu para mostrar como aquilo era uma coisa idiota.

— Está vendo? — disse ela. — É impossível, impossível. Pássaros são pássaros e humanos são humanos. E eu espero que você esteja aprendendo isso na... — ela interrompeu sua fala. Olhou para Lizzie. — Por que você não está na escola, minha querida?

Lizzie olhou para o chão. O que poderia dizer?

— Não estou me sentindo bem — respondeu enfim.

— Você me parece muito bem — observou a tia Doreen.

— O que é que você está sentindo?

— Estou com dor na perna — disse Lizzie. — Não, dor de cabeça. Quer dizer, de barriga — ela se inclinou para frente e pôs a mão na barriga. — Uiiiii — gemeu a menina. — Dor de barriga. *Uiiiii!*

Tia Doreen fez cara de quem não acreditava em nada daquilo.

— Dor de barriga, sei! — disse ela. — Uma boa comida caseira, é disso que você precisa. E aquele gordo maluco também. As coisas estão indo de mal a pior por aqui. Quanto é dois mais dois?

— Hã? — perguntou Lizzie.

— Você não sabe dizer "pode repetir, por favor"?

— Pode repetir, por favor? — corrigiu Lizzie.

— Quanto é dois mais dois? Preciso saber se está muito atrasada na escola.

— Quatro.

Tia Doreen contou nos dedos.

— Correto! — disse ela. — Pelo menos alguma coisa está indo bem por aqui. Desde que sua pobre mãe... Desde então, ele anda com a cabeça nas nuvens — ela tropeçou nas asas que estavam caídas no chão. — O que é isto aqui?

Lizzie apanhou as asas e mostrou-as a tia Doreen.

— São as asas dele.

A tia Doreen olhou espantada para a menina.

— Asas? — ela perguntou. — Minha nossa! É pior do que eu pensava! — olhou para o jardim e avistou Jackie segurando uma minhoca. Ficou tão assustada que engasgou. — O que ele está fazendo com a pobrezinha da minhoca?

Lizzie olhou para fora também, e as duas viram a minhoca desaparecer na boca dele.

— Parece que ele está comendo a minhoca, tia Doreen.

Tia Doreen sentiu enjoo, como se fosse vomitar.

— Jackie! — ela gritou. — Jackie! Jogue isso fora, seu tonto! — mas o pai tinha apanhado outra minhoca e a analisava diante do rosto. — Ah, não! Que coisa maluca! *Ecaaaa*! — ela fechou os olhos e pôs a mão na barriga. — Que tipo de casa é esta?

— É uma casa ótima, ora — disse Lizzie.

— Já foi, um dia — retrucou tia Doreen. Ela puxou Lizzie contra seu corpo volumoso e a abraçou. — Ah, coitadinha, coitadinha.

— Eu não sou uma coitada — disse Lizzie com voz contida.

— É, sim, e você sabe que é — ela afastou Lizzie e se endireitou. — Guarde essas asas malucas — ordenou.

Lizzie pendurou-as atrás da porta.

— Muito bem. Agora está na hora de começar a trabalhar! — disse a tia Doreen. — Tem um pote de banha naquela sacola de compras. Apanhe ali, minha querida. Esse homem precisa é comer uns bolinhos!

7

Tia Doreen limpou a mesa. Lizzie pegou a banha, os ovos e a farinha de trigo na sacola de compras. Encheu uma jarra de água. Separou umas colheres de pau e uma tigela grande para preparar a massa. Colocou tudo na mesa, na frente da tia Doreen. A tia jogou um montão de coisas dentro da tigela e começou a mexer e a misturar os ingredientes. Evitava olhar para a janela.

— Ora, voar! — disse ela. — Nada como uma boa comida para trazer o juízo de volta. Bolinhos feitos com banha, isso é que é bom. Veja que maravilha esses pedacinhos de banha. Sinta como são gordurosinhos. Espere até sentir o aroma delicioso de comida no fogo. Com esses bolinhos, até os mais malucos recuperam a razão. Bata a massa e sove bem, Doreen! Misture e sove e abra a massa para fazer bolinhas saborosas.

Enrolou um bolinho claro e lustroso. Com uma das mãos, arremessou-o para cima e pegou-o de volta. Arremessou de novo e o deixou cair no chão com um barulhão. Sorriu.

— Muito bom — disse a tia Doreen. — Esse está bem firme.

Fez mais um.

— Pegue! — gritou e jogou o bolinho para Lizzie. — Que tal? — perguntou a tia Doreen. — Parece uma bola de chumbo. Perfeito! — ela avistou Jackie lá fora, subindo numa cerejeira. — Desça dessa árvore, homem, vamos! — ela gritou. — Ele vai nos deixar loucas como ele — e fez outro bolinho. Foi até a porta e gritou: — Jackie, pare de sonhar, homem!

O pai não deu ouvidos. Continuou a subir, piar e grasnar. Tia Doreen recuou o braço para tomar impulso e atirou o bolinho. Ele nem percebeu que o bolinho passou voando ao seu lado e caiu na grama com o estampido de uma bala de canhão. Ela resmungou e fechou a porta de novo.

— Eu só rezo para que você não vá pelo mesmo caminho, minha querida Elizabeth — ela disse.

— Não se preocupe, tia Doreen — disse Lizzie.

A tia deu um beijo molhado na menina.

— Ótimo. Sua mãe ia ficar orgulhosa de você. Eu estava dizendo ao diretor de sua escola, o senhor Mint...

— O senhor Mint? — perguntou Lizzie.

— É, o senhor Mint. Fui ter uma conversinha com ele. Sobre você e o tonto... Ele disse que você é uma menina meiga e sensata. Faz todos os deveres, ele disse. Sempre bem-educada. Uma boa menina. Soletre "gato".

— Hã?

— Soletre "gato".

— G-A-T-O — Lizzie soletrou.

Tia Doreen sorriu.

— Correto. Você está indo bem. Agora, vamos lá. Mais bolinhos!

Então voltou ao trabalho e, enquanto cozinhava, cantarolava:

Bolinhos! Bolinhos! Delícia, delícia de bolinhos!
Misture a massa, vá sovando e abra bem!
Bata muito, jogue n'água, tire dela e jogue além!
Bolinhos, ah, delícia de bolinhos!

Enquanto a tia cantava, Lizzie dançava acompanhando a música. Levantava os braços agitava-os no ar. E sonhava que estava voando. Tia Doreen ferveu água numa panela grande e foi jogando os bolinhos lá dentro, um a um. Quando estavam bem cozidos, e ainda fumegantes, punha-os na mesa para esfriar. O aroma agradável dos bolinhos invadiu toda a cozinha. De repente, a porta se abriu e o pai entrou correndo. Tinha nas mãos um saco de compras, e dentro dele alguma coisa se mexia, se debatia, grasnava e bicava.

— Peguei! — gritou. — Peguei, Lizzie! *Oba!*

8

Jackie saiu rodopiando pela sala como se estivesse sendo arrastado pelo saco. O saco se lançava no ar e, inquieto, caía de volta no chão. Jackie segurava-o com firmeza. Seus cabelos estavam desgrenhados. Seu olhar estava estranho, perturbado e irrequieto. Em certo momento, parou e observou o interior do saco, mas logo o fechou de novo e gritou:

— Ai, para! Só estou tentando dar uma olhadinha em você!

E o saco saiu saltando de novo, arrastando o homem atrás de si. Pela segunda vez, o pai o deteve. Segurou diante do rosto aquela coisa que continuava a se debater.

— Calma. Quer uma minhoca?

Mas a coisa só gritava, chiava, grasnava e se debatia, e o pai pôs-se de novo a correr. Tia Doreen não saía da frente dos bolinhos. Lizzie não se mexia, de tão atordoada.

— O que é que você está fazendo? — perguntou tia Doreen, finalmente.

— Eu peguei o corvo! — gritou o pai.

— Você pegou o corvo? Ai, ai, ai, ai, ai! E para que você precisa de um corvo?

— É para uma pesquisa — respondeu. — Quero examinar o corvo e entender o que estou fazendo de errado. Ai! Ui! Calma, pássaro maluco!

— Solte o corvo, Jackie, vamos! — disse tia Doreen.
— Isso é crueldade, pai — disse Lizzie.
— Ai! Mas eu não vou maltratar o corvo, Lizzie — ele voltou a aproximar o pássaro do rosto. — Quero ser seu amigo — sussurrou, mas o corvo não queria ser amigo dele. Furou o saco a bicadas, e o grande bico cinza belis-

cou o nariz cor-de-rosa do pai. O pássaro pôs toda a cabeça para fora, com os olhos redondos faiscando de raiva. — Olá, corvo. Eu só quero ser... — mas o pássaro meteu o bico na bochecha dele. Depois chiou, grasnou e bateu as asas. Tia Doreen gritou de medo.

— Solte-o, homem! — berrou tia Doreen. — Deixe esse corvo ir embora antes que ele ataque todo mundo aqui!

O pai correu para a porta e jogou o saco e o pássaro no ar. O saco voltou, caiu bem em cima da cabeça do pai e lá ficou.

— Tchau, corvo! — ele disse.

— Jackie — disse tia Doreen.

— O que é? — respondeu o pai.

— Coma um bolinho.

— Hã? — ele murmurou.

Ela jogou um bolinho para ele.

— Coma um bolinho fresquinho — ela disse.

Ele pegou o bolinho, olhou, cheirou e em seguida o atirou pela porta.

— Era um pássaro lindo — ele disse.

— O que você fez foi crueldade — disse Lizzie.

— Ele estava olhando para mim como se quisesse ser meu amigo. Ele sorriu pra mim.

— Pai, foi crueldade.

— Você acha, Lizzie? — ele perguntou, pensativo. — É, ele não parecia estar muito contente.

— Bolinho — anunciou tia Doreen. Ela jogou outro. Ele desviou o corpo e o bolinho saiu voando porta afora, quicando pelo jardim. Ela lançou um olhar furioso. — Muito bem, agora, chega. Pronto — pôs o chapéu e bateu as mãos para tirar a farinha de trigo. — Elizabeth, pegue seu casaco. Você vem comigo.

Mas Lizzie ignorou a tia Doreen e foi até o pai.

— Bem que você podia só observar os passarinhos, pai — disse. — Você podia olhar pra eles. Tomar notas e desenhar. Você não precisa pegá-los, não é mesmo?

Ele olhou para o chão.

— Acho que não — resmungou.

Ela apontou para o céu, na direção de um corvo que sobrevoava o jardim.

— Olhe aquele corvo — ela disse. — Ele tem umas penas que parecem dedinhos saindo de trás das asas. Você viu? Você não tem isso nas suas asas, tem?

— Não, não tenho — disse o pai.

— Lizzie! — interrompeu tia Doreen. — Venha cá! — mas Lizzie não estava ouvindo. Ela apontou para o céu de novo.

— E olhe aquela cambaxirra, tão bonitinha — disse a menina.

— Ah, escute o canto deles, pai.

Ficaram olhando e ouvindo

juntos. Havia pássaros no céu e nas árvores. Pássaros nos telhados, nos muros e nas chaminés, e o canto podia ser ouvido por toda parte. Era encantador.

— Eles não são lindos? — perguntou Lizzie.

— São lindos demais — disse o pai.

Ficaram juntos escutando. Ele então assobiou e um pássaro respondeu com outro assobio. Ele grasnou como um corvo, e um pássaro respondeu grasnando.

— Você é tão inteligente, pai — disse Lizzie baixinho.

— Elizabeth! — irrompeu tia Doreen. — Pegue o seu casaco agora!

— Ah, ali — disse Lizzie. — Está vendo aqueles dois pardais?

O pai sorriu. Tia Doreen não sabia o que dizer.

— Estou vendo, sim. Olhe, tem outro ali! Três pardaizinhos — os dois ficaram olhando os pardais saltitando no meio do jardim.

— Tem uma família inteirinha de pardais.

— E olhe as andorinhas — disse Lizzie. — Como elas

têm peninhas finas na cauda! Você não tem penas assim, tem? — seu pai fez que não com a cabeça. — Talvez você só precise trabalhar um pouco mais nas suas asas, pai. Torcer um pouquinho aqui, colocar uma pena extra ali, e aí você sai voando — ela o abraçou. — Ei, pai — ela disse —, eu acho que posso ajudar. O pai arregalou os olhos. Deu um sorriso largo. Estava muito feliz.

— Você quer mesmo ajudar? — ele perguntou.

Ela sorriu. Claro que ela queria. Como naquela vez quando ela o ajudara a pintar a casinha de brinquedo, ou quando ajudara a dar os toques finais nas marionetes. Como na ocasião em que plantaram juntos aquele pequeno freixo no jardim, quando o pai lhe dissera que os dois formavam um grande time.

— Claro que eu quero — ela respondeu. — Você é o meu pai, não é?

O pai riu.

— Nós dois formamos um grande time — ele disse.

Ele pegou Lizzie nos braços e a levantou. Correu pela sala, segurando-a lá em cima, como se ela estivesse voando. Lizzie ria muito e gritava:

— Meus pés já estão no ar? Estão! Estão!

Tia Doreen bateu os pés no chão com força.

— Ponha essa menina no chão! — berrou.

— Mas, tia Doreen — disse Lizzie, rindo —, isso é muito divertido!

Tia Doreen afundou mais o chapéu na cabeça. Deu uma mordida enorme num bolinho. E virou as costas, batendo os pés.

— Ah, não vá embora, tia Doreen.

— Eu não fico mais neste hospício, Jackie — disse tia Doreen. — Elizabeth, essa é sua última chance. Venha comigo agora.

O pai pôs Lizzie no chão.

Lizzie não se mexeu. Ela não queria que tia Doreen fosse embora contrariada, mas não podia abandonar o pai. Ela balançou a cabeça dizendo que não.

— Está vendo o que você fez com essa menina? — perguntou tia Doreen.

Lizzie riu.

— Está tudo bem — disse a menina. Ela sorriu para tia Doreen, depois para o pai. — Talvez até eu entre nessa competição. Acho que vou fazer asas para mim também.

— Podemos ir juntos! — disse o pai. — Vamos ser uma família de pássaros humanos!

— Vamos começar já — disse Lizzie.

Eles correram juntos para o jardim e começaram a catar penas embaixo das árvores.

Tia Doreen deixou a casa, batendo os pés.

— Tchau, tia Doreen! — gritou Lizzie.

— Tchau, Doreen! — gritou o pai.

— Eu é que digo "tchau" para vocês! — respondeu tia Doreen.

Ela atravessou o jardim com passos firmes e saiu batendo o portão.

— Eu vou voltar! — disse ela. — E vou trazer uma pessoa para cortar as asinhas de vocês!

9

Lizzie e o pai trabalharam o dia todo e entraram noite adentro catando penas, barbante, linha, retalhos, cabides, fitas, botões e contas. Costuraram, cortaram e colaram. Na manhã seguinte, as asas, o bico e a crista de Lizzie estavam quase prontos. Lizzie e o pai postaram-se juntos ao lado da porta, cada um com seu par de asas. Estavam exaustos, mas muito felizes e muito orgulhosos. Lizzie recostou-se em seu pai e disse que ele tinha razão: os dois formavam um time fantástico. O brilho do sol caía sobre os telhados, através das árvores e no rosto feliz e entusiasmado dos dois. Os passarinhos piavam e assobiavam em toda parte. O tráfego da cidade rugia e roncava. O pai riu baixinho, imaginando o que poderiam fazer em seguida.

— Precisamos de um ninho, Lizzie.

— Um ninho?

— É, para fazer tudo direitinho. Para fazer de nós dois pássaros de verdade.

Lizzie fitou o pai.

— Vamos — ele disse —, isso vai me fazer muito feliz.

Ela sorriu e encolheu os ombros.

— Está bem, pai. Do que precisamos?

Bom, eles precisavam de grama, gravetos, palha, folhas, barbante, retalhos de panos de prato, camisas e macacões velhos, flanelas e meias furadas, penas e felpa de tapete. Carregaram até a cozinha todo o material que encontraram, ajoelharam-se no chão e juntaram tudo, formando um ninho. Lizzie cantarolava, com um sorriso nos lábios, enquanto trabalhavam. Seu pai piava, assobiava e grasnava.

— Não é lindo? — ele perguntou. — Um lar de verdade para nós dois.

Pôs a mão no bolso e encontrou uma minhoca. Ele a suspendeu entre os dedos, balançou e engoliu.

— Quer uma, Lizzie?

Ela fez que não com a cabeça.

— Prefiro comer isso aqui — respondeu e mastigou uns amendoins.

Ele ficou na ponta dos pés, abriu bem as asas e encolheu a barriga.

— Olhe, já estou emagrecendo!

— Não pode ser! — disse ela rindo, mas quando parou para olhar com atenção percebeu que ele parecia mesmo mais magro. Chamou-o de magricela.

— Logo, logo, vou estar leve como uma pena! — ele disse.

Eles continuaram a trabalhar, moldando o ninho com cuidado, deixando um espaço oco no meio.

— Os pássaros são os seres que melhor cuidam de seus filhotes, sabia? — comentou o pai. — Cuidam bem para que fiquem fortes. Protegem os filhotes contra todos os perigos.

Os dois seguiram trabalhando até finalmente ajeitar tudo. Então entraram e sentaram-se, com suas lindas asas, no ninho tosco num canto da cozinha. Os dois sorriam, radiantes de alegria.

O pai ria e remexia o traseiro.

— Oh! — ele disse. — Estou sentindo um ovo querendo sair.

Ele botou um ovo imaginário. Pôs a mão debaixo do corpo, apanhou o ovo e o segurou diante dos dois. Lizzie pegou o ovo. Disse que era lindo, com aquela casca azul-brilhante, coberta de pintinhas marrons. Em seguida, devolveu-o ao pai, e ele o acomodou de volta no ninho.

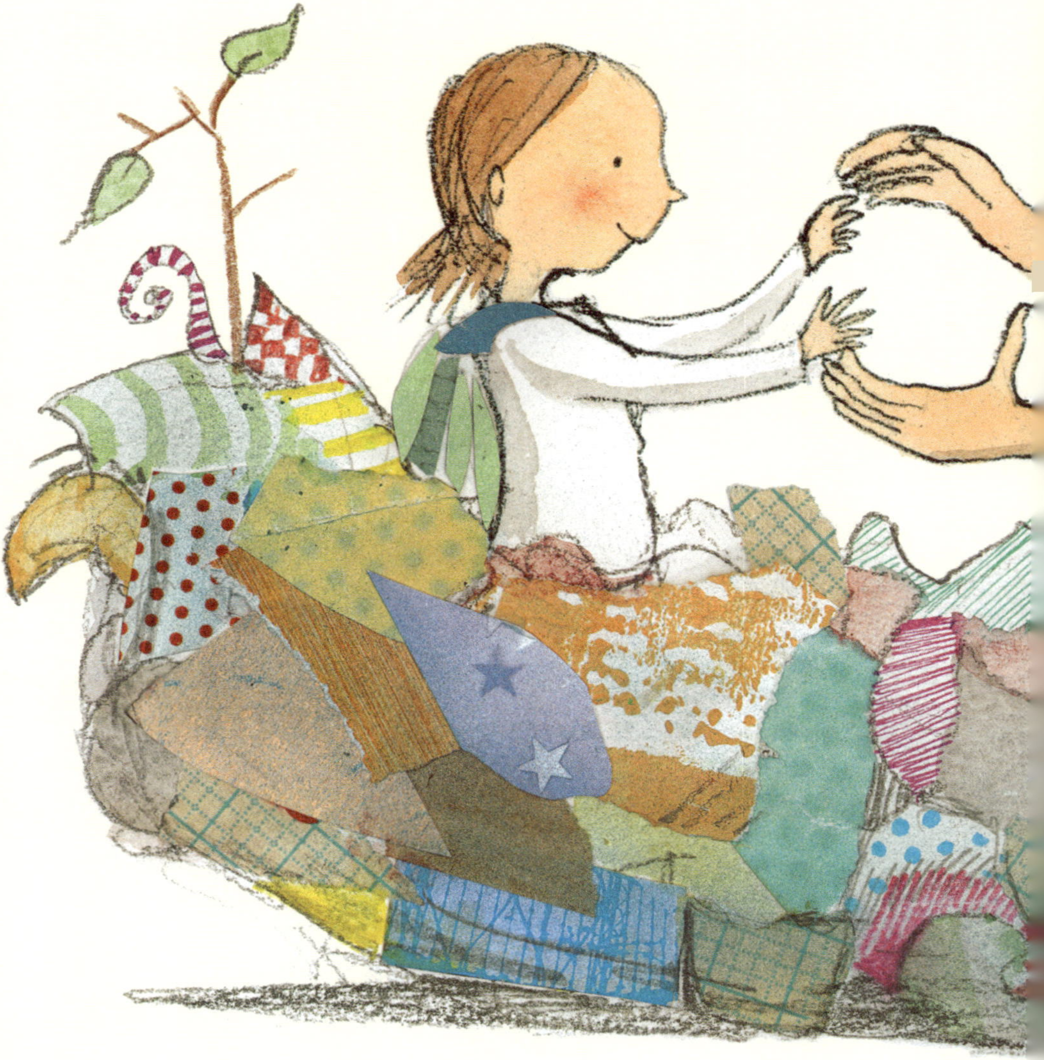

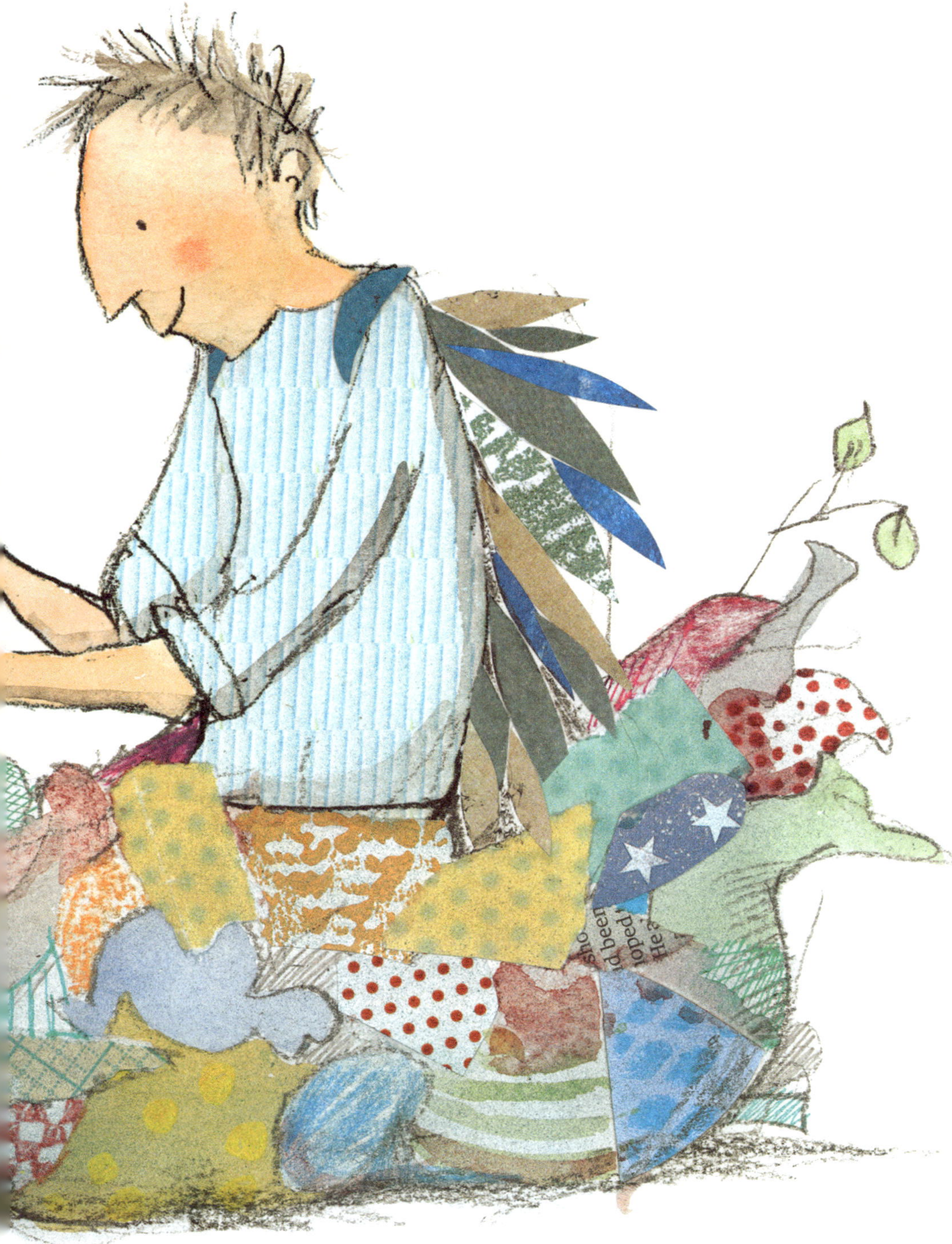

— Agora eu vou chocar o ovo até ele rachar — o pai fechou os olhos e se concentrou. — Vamos, passarinho — disse baixinho. Então deu um pulo. — Funcionou! — pegou o passarinho imaginário, abrigando-o com as mãos, e o aproximou do rosto. — Olá, pequenino — disse. — Ele não é lindo, Lizzie? — Lizzie olhou para as mãos do pai. Ela sorriu.

— É uma gracinha — respondeu e alisou o passarinho imaginário.

Em seguida, o pai abriu as mãos e as ergueu.

— Ele já está crescendo — disse. — Agora voe! Bata as asas e voe!

O passarinho imaginário saiu voando. O pai apontava para os cantos da cozinha e eles faziam de conta que viam um filhote de pássaro voando.

— Lá está ele! Olhe só! Olhe! Olhe!

Lizzie ria.

— Seu bobo. Bom, de qualquer forma, são as mães que põem ovos, e não os pais.

— É, tem razão — disse o pai. Mas continuou seguindo o pássaro imaginário com o dedo e acenando até ele ir embora. — Tchau — disse afinal. — Tchau, meu querido.

Os dois ficaram quietinhos no ninho e, enquanto a tarde caía, cochilaram e sonharam que estavam voando como pássaros.

— Eu podia ficar aqui pra sempre — disse o pai. — Só eu e você — mas deu um salto e se pôs de pé. — Mas não temos tempo pra isso! Temos que pensar na competição! Vamos terminar as penas da cauda, os bicos e as cristas, Lizzie!

Voltaram ao trabalho. Lizzie ficou observando seu pai por um tempinho e então disse:

— Pa-pai.

— Diga. O que é, meu amor?

— Olha — ela disse —, precisamos pôr uma coisa na cabeça. Mesmo com as penas da cauda, os bicos e as cristas... pode ser que não dê certo.

— Hã? — disse o pai.

Ele pestanejava e sacudia a cabeça como se não estivesse entendendo, ou como se não quisesse entender.

— Mas, mesmo assim — continuou Lizzie —, não tem importância. Mesmo que acabem tendo que pescar a gente no rio, não tem importância, não é, pai?

Ele pestanejou de novo e encarou a menina. Engoliu uma minhoca. Depois bateu suas asas.

— Piu, piu! — ele cantou.

Lizzie chacoalhou o braço dele.

— Você está entendendo, não está? — ela perguntou. — Pode não dar certo. Mas, aconteça o que acontecer, a gente fez isso tudo junto. É isso que importa.

O pai deu um salto e começou a correr em torno da sala, batendo as asas.

— Crá, crá! — ele grasnou. — Crá, crá!

— Pai! — disse Lizzie. — Você está me ouvindo?

Houve um grito lá fora.

— ÚLTIMAS INSCRIÇÕES PARA A COMPETIÇÃO DO PÁSSARO HUMANO!

Lizzie e o pai ficaram imóveis. A voz soou de novo.

— MAIS ALGUMA INSCRIÇÃO PARA A GRANDE COMPETIÇÃO DO PÁSSARO HUMANO?

O pai abriu a porta. Lá estava o gorducho senhor Poop no portão, com o megafone e a prancheta.

— MAIS ALGUMA INSCRIÇÃO PARA...

— Sim! — gritou o pai. — Aqui, senhor Poop!

10

O senhor Poop olhou para o pai. Passou pelo portão e foi até a casa.

— Mas já fiz sua inscrição, senhor Corvo.

— Não, não é para mim — disse o pai. — É para essa jovenzinha aqui.

Ele afastou-se e mostrou Lizzie, que estava a seu lado.

— Ah! Ela não é muito novinha para uma aventura tão perigosa? — perguntou o senhor Poop.

— Eu tomo conta dela. Os pássaros são os seres que melhor tomam conta dos seus filhotes.

— Hummmmm — disse o senhor Poop.

O pai convidou-o para entrar. O senhor Poop apertou os olhos, examinou Lizzie, estalou a língua e fez um gesto negativo com a cabeça.

— Ela é forte — disse o pai. — E corajosa. É a menina mais corajosa do mundo. Todo mundo diz isso, não é, Lizzie?

— É mesmo? — perguntou o senhor Poop.

Lizzie encolheu os ombros. Pensou no que o senhor Mint tinha dito sobre ela, e nas coisas que tia Doreen às vezes dizia, e nas coisas que o pai sempre dizia. Pensou na mãe, que costumava dizer que ela era corajosa, a mais corajosa entre os corajosos.

— Às vezes — ela disse ao senhor Poop.

O senhor Poop amenizou o olhar por um instante. — Muito bem — falou baixinho. Em seguida levantou a prancheta e lambeu o lápis. — Nome?

— Elizabeth — disse Lizzie.

— Eli-za-beth — repetiu o senhor Poop. — Elizabeth de quê?

— Elizabeth Corvo! — respondeu o pai.

— Elizabeth o quê? — Lizzie perguntou.

— Corvo — disse o pai. — Crá, crá!

O senhor Poop encarou os dois.

— Tem certeza?

— Tenho — o pai retrucou. — Não é, Lizzie?

— É... é — confirmou Lizzie, e se viu imitando o pai e grasnando como um corvo. — Crá, crá! Crá, crá!

O senhor Poop anotou.

— Profissão? — ele perguntou.

Lizzie encolheu os ombros.

— Basta colocar "menina", eu acho — ela disse. — Sou estudante.

— Não — retrucou o pai. — Você é mais do que isso! Você é uma menina-pássaro. Eu sou um homem-pássaro, e ela é uma menina-pássaro. É de família.

O senhor Poop anotou com sua letra gorducha. E parou por um instante. Olhou para os dois de novo. Examinou as asas de Lizzie.

— Método de propulsão: asas e fé, imagino?

— Isso — disse o pai. — É isso mesmo. Asas e fé. E o bico e a crista. Mostre, Lizzie.

Lizzie colocou o bico e a crista.

— O senhor nunca viu nada assim, viu? — perguntou o pai. — E vamos ter penas na cauda, exatamente como os pássaros de verdade. Foi ideia da Lizzie. Ela é um gênio dos métodos de propulsão!

O senhor Poop examinou Lizzie e o pai. Observou com atenção o ninho. Deu uns tapinhas na bochecha. Lambeu o lápis.

— Hummm — murmurou. — Hummmmmmmmm.

Alisou a barriga roliça.

— A cada dia aparece mais alguém — ele disse. — Está vindo um campeão de salto a distância, num navio de Madagascar. Vem também um russo, competidor de salto com vara, de Smolensk. Uma trapezista de Malta, um acrobata de Cuba e sete dervixes rodopiantes de Tasquente. Há puladores, saltadores, giradores e voadores. Tem um sujeito com um milhão de elásticos cor-de-rosa. Estão trazendo planadores, estilingues, arcos e flechas de três metros e...

— E tem aqueles como nós dois, com asas! — disse o pai.

— É, infelizmente tem, sim — ele estendeu a prancheta e o lápis para Lizzie. — O rio é muito cheio nesta época do ano, senhorita Corvo — alertou. — Assine aqui. E aqui. E aqui também.

Lizzie assinou e sorriu. Ele examinou a assinatura dela.

— Inscrição aceita! — ele disse e assinou o formulário também. Enfiou a prancheta debaixo do braço. — Tem boia, senhorita Corvo? — perguntou o senhor Poop.

— Boia! — zombou o pai. — Até logo, senhor Poop, até logo.

O senhor Poop foi embora de novo.

— Até domingo! — ele se despediu. — A decolagem é às dez da manhã!

O pai fechou a porta depois que o homem se foi.

— Homem-pássaro e Menina-pássaro! — exclamou o pai. — Nós dois vamos ser os maiores voadores que o mundo já viu. *Obaaaaaaaaa*! — ele correu em torno da sala, depois parou e pensou.

— Vou deixar você ganhar, Lizzie — ele propôs.

— Hã?

— Vou, sim. Vou deixar você ganhar. No final eu diminuo a velocidade e você pode me passar. Você pode me passar num voo rápido e alcançar a linha de chegada. Iupi! Lizzie Corvo, o Pássaro Humano! Dê a essa menina mil libras!

Eles riram. Então pararam. E ficaram de orelha em pé.

— Tem alguém no jardim — sussurrou Lizzie.

Foram até a janela na ponta dos pés. Examinaram o jardim.

— Quem é? — perguntou o pai.

Não viram nada diferente, só as árvores e as sombras sob os galhos. Mas havia um farfalhar, parecia que algo se movia entre as sombras. O que podia ser? Depois de olhar atentamente, Lizzie distinguiu uma figura familiar ao longe.

— Ah, é a tia Doreen de novo — disse Lizzie. E então levou um susto. — Hã? O senhor Mint está com ela!

— Rápido! — chamou o pai. — Entre no ninho!

11

Tia Doreen e o senhor Mint

hesitaram quando chegaram à entrada da casa. Encostaram o ouvido na porta. Não escutaram nada. O senhor Mint estremeceu.

— Tem certeza de que estamos fazendo a coisa certa, senhora Doody? — ele perguntou.

— Claro que tenho — disse tia Doreen. — O homem é um doido varrido. Temos que livrar essa pobre menina das garras dele.

Ela girou a maçaneta de mansinho e abriu a porta devagarinho.

— Mas entrar assim na casa de alguém... — disse o senhor Mint. — Um homem na minha posição...

Tia Doreen puxava o senhor Mint.

— De que é que são feitos os diretores hoje em dia? — perguntou. — De massinha de modelar? Na minha época eles eram mulheres e homens de aço!

Ela tirou um bolinho do bolso do avental e lhe ofereceu.

— Tome — ela disse. — Isso vai dar mais ânimo ao senhor.

O senhor Mint fixou o olhar naquele objeto estranho.

— O que é isso?

Tia Doreen olhou para ele, surpresa. Como ele não sabia o que era um bolinho?

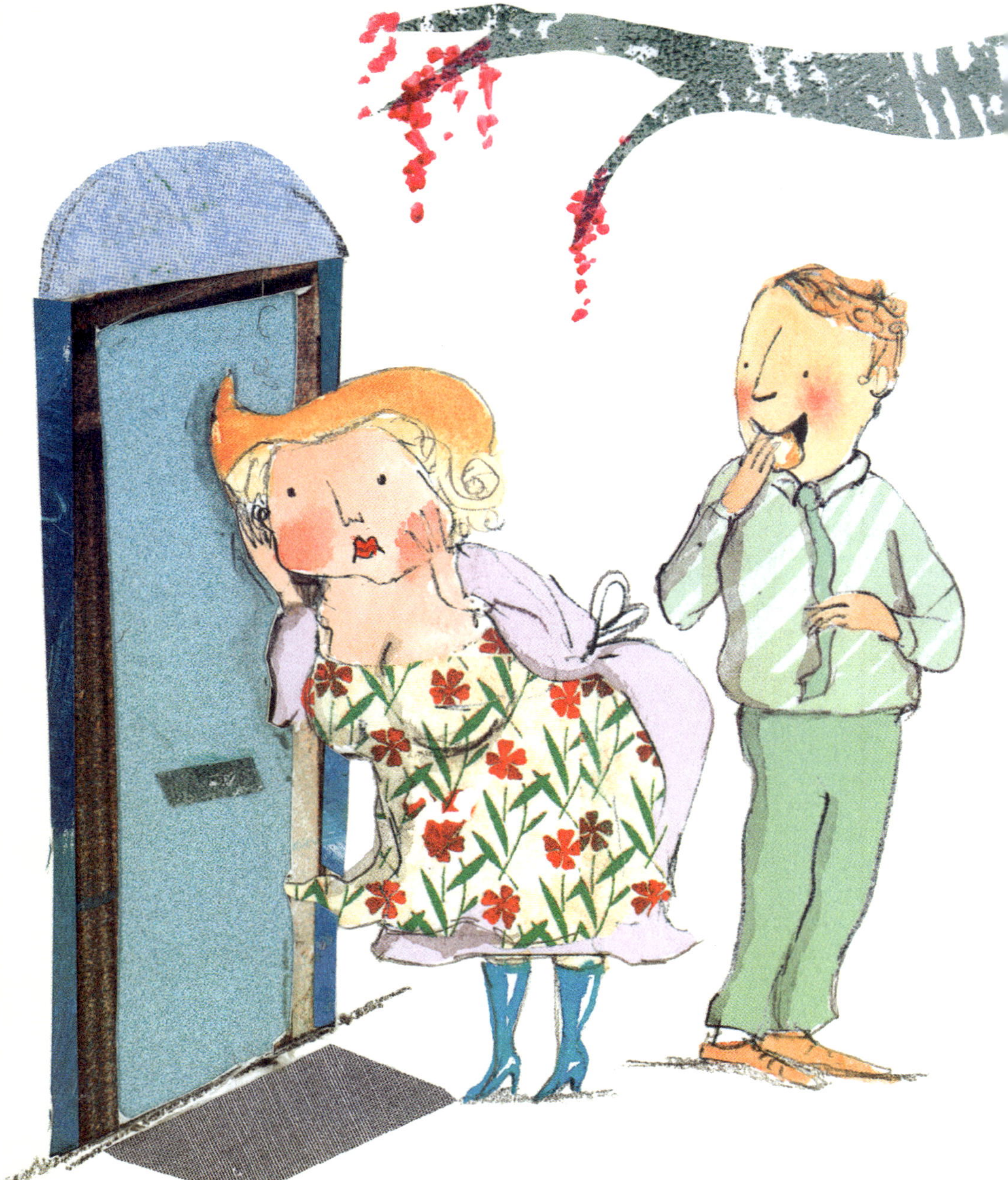

— É um bolinho, ora! — ela explicou.

— Mas eu não gosto de bolinhos — disse o diretor.

— Claro que gosta. Todo mundo gosta de bolinhos. Coma isso, vamos!

Ela o puxou para dentro. Examinou o local. O senhor Mint deu uma dentada no bolinho.

— Na verdade, é bem gostoso — ele disse, surpreso. Deu outra mordida. — Na verdade, é muito gostoso, senhora Doody.

— Hã? — resmungou tia Doreen.

— O bolinho, senhora Doody — disse o senhor Mint. — É... delicioso.

Tia Doreen enrubesceu e olhou para o chão.

— Acha mesmo, senhor Mint? — ela perguntou.

— Acho, senhora Doody.

— Doreen — disse tia Doreen. — Pode me chamar de Doreen.

Agora foi o senhor Mint quem enrubesceu e baixou o olhar.

— Obrigada, Doreen — ele disse. Deu outra mordida no bolinho. — Já não se comem bolinhos como esses hoje em dia, sabia? Não assim tão saborosos. Não assim tão... sólidos.

— Bom, obrigada, senhor Mint — disse tia Doreen.

— Mortimer — ele sussurrou. — Mortimer Mint.

— Mortimer Mint? — repetiu tia Doreen. — *Mortimer Mint*? Parece nome de doce, de uma bala!

— É o que a minha mãe costumava dizer. Ela me chamava de Docinho. Ou Mentinha.

— *Mentinha*?

O senhor Mint mordeu o lábio.

— Você não vai contar às crianças, vai, Doreen? Eu não ia suportar que elas me chamassem de Mentinha na escola e...

Tia Doreen ergueu o dedo, pedindo silêncio. Apertou os olhos e inspecionou a cozinha toda.

— Psiu! Escute! Estou ouvindo um barulho. Parece algo se mexendo. Estou escutando também uns piados e assobios.

Ela olhou em torno da cozinha. Os dois aguçaram os ouvidos. Ouviram um belo canto de pássaro lá fora, o rugir e o roncar da cidade, também distantes. Ouviram a própria respiração. Ouviram a batida dos próprios corações. Ficaram em silêncio, enlevados com aquele momento. O senhor Mint sorriu. Deu um assobio suave, acompanhando os pássaros. Levantou os braços, como se fosse voar.

— São os pássaros, Doreen — ele disse.

Tia Doreen estalou a língua.

— Pássaros? A questão é exatamente essa, senhor Mortimer Mint. Coisas estranhas estão acontecendo nesta casa. Coisas muito estranhas e esquisitas. Eles estão aprontando alguma coisa com penas, bicos e asas. E eu não vou tolerar!

Alguma coisa passou zumbindo diante do nariz dela. Tia Doreen deu um pulo.

— Ai, ai, ai! O que é isso?

— É só uma mosquinha — disse o senhor Mint. Ele deu um tapinha no braço da tia Doreen. — Você não vai contar, vai?

Tia Doreen pestanejou.

— Contar o quê? Pra quem?

— Para as crianças. Sobre o apelido — ele sussurrou.

— Não seja tolo, Mortimer. Precisamos agora encontrar aquela pobre menina. Olhe para a bagunça em que ela está morando. Olhe para este monte de lixo no chão!

Ela andou na ponta dos pés pela cozinha e lentamente chegou mais perto do monte de lixo. Era o ninho, claro. Tia Doreen arregalou os olhos. Ela apontava para aquilo. Lizzie e o pai estavam lá, inertes, com as asas dobradas sobre a cabeça.

— Eu não disse que tinha algo estranho? — observou, furiosa.

Aproximou-se na ponta dos pés. Inclinou-se. O senhor Mint a seguiu. Inclinou-se também.

De repente, o pai pulou, bateu as asas e grasnou:

— Crá, crá! Crá, crá!

O senhor Mint deu um berro e um salto em direção à porta.

12

Tia Doreen segurou-o pela gola e puxou-o de volta. O pai bateu as asas e grasnou na frente deles.

— Este aqui é o culpado! — disse tia Doreen. — É ele que está desencaminhando sua aluna! Este é o homem-pássaro!

O senhor Mint estendeu a mão.

— Muito prazer em revê-lo, senhor...

— Crá! Crá! — fez o pai. — Crá! Crá!

Deu uma bicada no diretor. O senhor Mint fugiu para a porta, mais uma vez.

— Mortimer! — gritou tia Doreen. — Mentinha!

O senhor Mint parou e baixou os olhos.

— Vamos — tia Doreen insistiu. — Diga o que você veio dizer.

O senhor Mint ficou em silêncio. Esfregou os olhos.

— Vamos, homem, diga — disse tia Doreen. — Diga por que você está aqui. Ora, você é um diretor!

Lizzie abriu as asas e saiu do ninho. Caminhou devagar até tia Doreen e o diretor.

— Elizabeth, viemos tirar você daqui. Mortimer, tome conta de sua aluna.

Lizzie bateu as asas.

— Crá, crá! — gritou a menina.

— Olhe só isso — disse tia Doreen. — Escute isso. Elizabeth! Quanto é 7 mais 2 mais 6 mais 8 e mais 5? *Viu?*

Ela esqueceu tudo. Soletre "Tchecoslováquia". *Viu*? Ela não sabe. A menina está a caminho da loucura.

— Crá, crá! — repetiu Lizzie. — Crá crá crá crá crá crá!

A menina fez de conta que ia correr até o senhor Mint, mas parou e sorriu para ele. Tinha certeza de que o diretor compreenderia.

Disse baixinho:

— Só faltei à aula para tomar conta do meu pai, senhor Mint.

— Tomar conta dele? — berrou tia Doreen. — O homem precisa é de um hospício!

— Não ligue para a tia Doreen — disse Lizzie. — Ela é meio maluquinha às vezes.

— Ela é o quê? — grasnou tia Doreen.

Lizzie foi batendo as asas até a tia e deu-lhe um beijo.

— Mas ela é um amor, de verdade — a menina sorriu ao ver a surpresa da tia Doreen, depois virou-se de novo para o senhor Mint: —Volto para a escola na próxima segunda-feira, depois da competição.

O pai tirou o bico.

— Falou bem, Lizzie — ele disse. — Pode ir, Doreen. Pode ir, senhor Mint. Saiam, os dois!

O senhor Mint sorriu e virou-se para ir embora. Tia Doreen encarou-o, espantada.

— Então é assim? — explodiu ela. — Não tem mais nada a dizer? Você é um homem distinto. Um homem de respeito, que pode assumir o controle!

O senhor Mint suspirou. Ponderou. Deu uns tapinhas na cabeça e alisou o queixo. Virou-se de novo. Examinou as asas de Lizzie e do pai. Suspirou de novo e analisou a situação mais uma vez. Todos esperavam.

— Vocês acham que vai funcionar? — ele perguntou.

— *O quê?* — berrou tia Doreen.

— Claro que sim — respondeu o pai. — Essas asas são fantásticas, senhor Mint.

O senhor Mint continuou ponderando.

— Eu acho — disse num murmúrio — que, se você correr com bastante velocidade, se der um salto bem alto e bater as asas bem firme...

Ele andou em círculo em torno da sala. Deu uns pulinhos e tentou abanar os braços.

— A ideia é essa — disse o pai. — Quer experimentar as minhas asas?

— *Mortimer!* — gritou tia Doreen. Ela jogou um bolinho no senhor Mint. O bolinho passou voando por cima dele, bateu na parede e ficou grudado.

— Vamos ter penas na cauda também — disse o pai. — Foi ideia da Lizzie.

— Ahá! — disse o senhor Mint. — Ótima ideia, Elizabeth. Ela é uma menina muito inteligente, sabe? — ele refletiu. — São os ossos, não são? Os ossos dos pássaros são mais leves que os nossos. Então, para compensar temos que...

— MORTIMER! — interferiu tia Doreen. — MENTINHA!

O senhor Mint não lhe deu atenção.

— Claro — ele continuou —, há exemplos de criaturas pesadas que são capazes de planar ou voar... — ele tirou o bolinho da parede.

Jogou-o para cima para testar o peso.

— Problemas interessantes, senhor... Corvo. Acho que você está aprendendo muito, Elizabeth.

Ele examinou bem o bolinho.

— Se uma pessoa pudesse encontrar uma maneira de ser lançada com força suficiente... — ele inclinou o corpo para trás, recuou o braço para tomar impulso e lançou o bolinho para o outro lado da cozinha. O bolinho passou zunindo pela cabeça de tia Doreen e grudou na outra parede. O senhor Mint sorriu. — Ainda dá para participar da competição?

— Claro que dá — disse o pai. — O homem esteve aqui ainda hoje de manhã. Vá se inscrever agora, senhor Mint.

O senhor Mint assentiu com a cabeça e ficou pensando. Tia Doreen agarrou o braço dele e puxou-o para a porta.

— Tchau, tia Doreen! — disse Lizzie. — Que bom que a senhora veio! Tchau, senhor Mint. Até segunda.

— Até domingo, quem sabe! — disse o senhor Mint.

— Seria maravilhoso! — disse Lizzie.

— O diretor voador! — exclamou o pai.

Tia Doreen suspirou.

— Todo mundo enlouqueceu — lamentou.

Lizzie de repente se lembrou do que a tia havia perguntado.

— Ah, tia Doreen!

— O que foi?

— É 28! — disse Lizzie.

Tia Doreen olhou surpresa para ela.

— 7 mais 2 mais 6 mais 8 mais 5 — disse Lizzie. — A resposta é 28. E Tchecoslováquia é T-C-H-E-C...

— Correto! — disse o senhor Mint. — Muito bem, Elizabeth!

Mas tia Doreen tampara os ouvidos com as mãos.

— Isso mesmo — ela disse. — Todo mundo enlouqueceu!

13

Lizzie e o pai ficaram olhando tia Doreen e o senhor Mint caminharem pelo jardim. Em seguida, fecharam a porta.

— Coitada da tia Doreen! — disse Lizzie.

— É, coitada! — disse o pai. — O senhor Mint é um sujeito adorável, não é mesmo?

— É, sim — respondeu Lizzie. Ela riu e tampou a boca com a mão. — Mentinha! — sussurrou.

— Mentinha! — repetiu o pai.

Começou a escurecer. Os dois foram até a janela ver o pôr do sol, que resplandecia através das árvores e sobre os telhados da cidade.

— O tempo está voando — disse o pai. Então sorriu e apontou para o ar. — Lá está ele voando! Pegue!

Pulou, segurou o Tempo nas mãos e o mostrou a Lizzie. Ela pegou o Tempo da mão dele e soltou-o de novo.

— Lá se vai! — disse Lizzie. — Tchau. Tchau, Tempo!

Contemplavam o céu. Estava começando a ficar coberto de vermelho, amarelo e laranja... tão bonito.

O pai cantarolou.

O sino da tardinha soa,
E lembra manteiga e broa.
A noite logo aparece,

E em torno tudo escurece.
Só resta a escuridão
Como dentro do tubarão.
Vamos dormir um soninho
Contando carneirinhos.
Felizes vamos todos ser
Do amanhecer ao anoitecer.

Lizzie bateu palmas baixinho.

— É lindo, pai — disse também baixinho.

Juntou-se a ele e cantaram mais uma vez.

— Fui eu mesmo que fiz — disse o pai.

— Você é um pai muito inteligente.

Logo o sol desapareceu e a escuridão tomou conta do céu, e as estrelas começaram a brilhar. Uma coruja piou, depois outra.

— Eu adoro a noite — disse Lizzie.

— Eu também — disse o pai. — E você tem razão, sabe?

— Sobre o quê?

— Você tem razão — ele repetiu. — Não importa se vamos voar ou cair. Temos um ao outro. Estamos fazendo isso juntos. É o que importa.

Lizzie sorriu.

— É — ela sussurrou. — É o que importa.

O luar prateado brilhava lá dentro. As corujas piavam, e em algum lugar um pássaro noturno cantava. Lizzie e o pai cantaram de novo e dançaram acompanhando a canção deles e o canto dos pássaros. Deslizavam com movimentos suaves, levantavam os braços e batiam as asas, cantavam, assobiavam e piavam, e às vezes precisavam olhar para baixo para ter certeza de que seus pés não estavam no ar.

Dormiram e sonharam o sonho de pássaros.

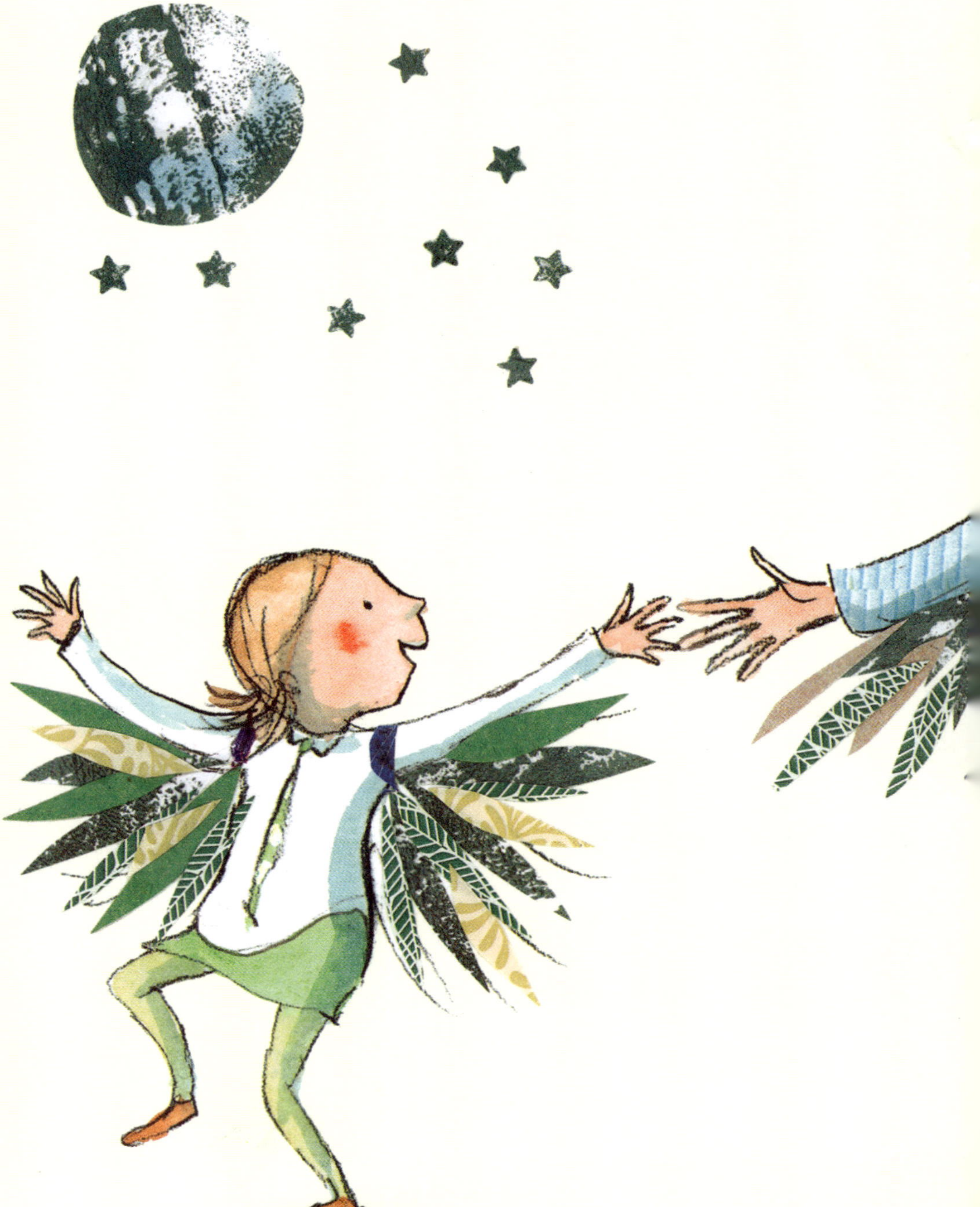

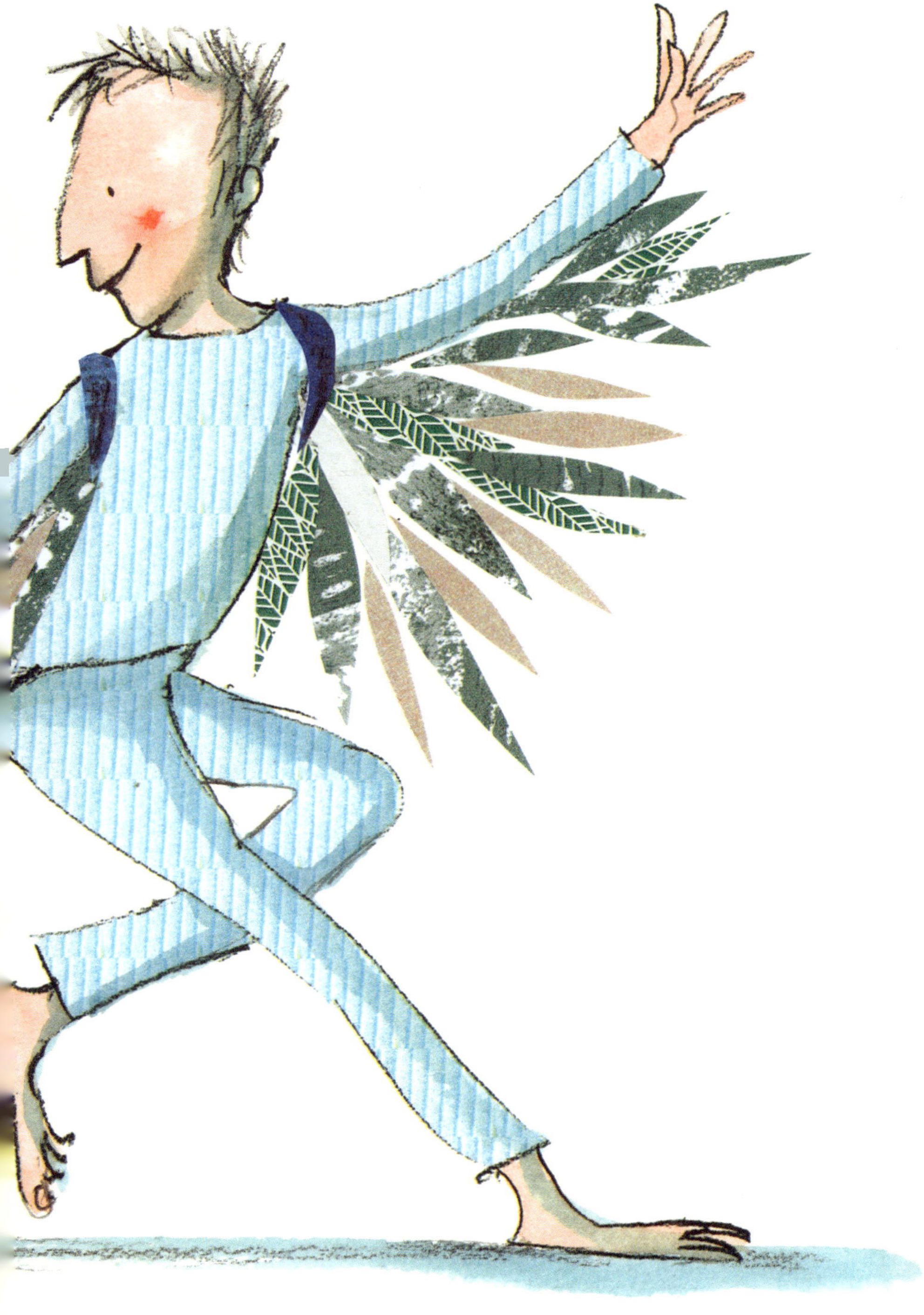

14

— VENHAM! VENHAM! ESTÁ NA HORA DA GRANDE COMPETIÇÃO DO PÁSSARO HUMANO!

A voz do senhor Poop ressoava pelas ruas, por sobre os muros e os telhados. Ressoava por toda a cidade.

— VENHAM! VENHAM!

Lizzie e o pai estavam num sono profundo. A voz do senhor Poop soava e ressoava em seus sonhos.

— VENHAM! VENHAM!

— O que é isso? — perguntou o pai.

— Que dia é hoje? — quis saber Lizzie.

— É O DIA DA GRANDE COMPETIÇÃO DO PÁSSARO HUMANO! — repetia o senhor Poop.

— Ah, não! — exclamou o pai.

— Não estamos prontos! — disse Lizzie.

Ela foi até a janela. Avistou o gorducho senhor Poop lá fora na rua, com seu megafone.

— Eles estão vindo do atol de Bikini e Baton Rouge! Estão chegando de Chattanooga e Chateauneuf! Vejam! Lá está a Mulher-Libélula, de Dubai! E o Helicóptero Humano, Hubert Hall.

— Pai! Vamos chegar atrasados! — disse Lizzie.

Eles se debatiam tentando ajeitar as asas. Vestiram o bico, a crista e a cauda.

— Lá está Benny, o Menino-Abelha, que veio de Burramurra! — anunciou o senhor Poop. — Venham todos! A competição vai começar! Aproximem-se! PARTICIPEM!

— Estamos prontos! — gritou o pai. — Lizzie, ponha direito suas asas! As minhas estão arrumadas?

Ele abriu a porta e gritou de novo.

— Estamos quase prontos, senhor Poop!

— Então venham, VENHAM! — disse o senhor Poop.

— É verdade? — gritou Lizzie. — Tem gente de todos esses lugares?

O senhor Poop ficou surpreso.

— Claro! — ele respondeu. — Você pensa que está sonhando? Vejam, ali vai o Eddie Elástico, de Elsmere Port! E Danny, o Dardo, de Donegal! Winnie, a Cata-Vento, de Wye! Venham ver a Bess Balanço, da baía de Baffin! Sid, o Planador, de... Venham todos! Depressa! Venham e juntem-se a nós!

— Pronto, pai? — perguntou Lizzie.

— Pronto, Lizzie — respondeu o pai.

— Como estou? — perguntou Lizzie.

— Perfeita — disse o pai. — E eu?

— Como um homem-pássaro — disse Lizzie.

Eles se abraçaram.

— Imagine só — comentou o pai — se a sua mãe pudesse ver a gente agora.

Eles bateram as asas. Acenaram para o céu.

— Oi, mãe! — disse Lizzie com carinho.

— Oi, meu amor! — disse o pai.

Respiraram fundo, abraçaram-se e correram porta afora.

15
NÃO FAÇAM ISSO!

Era a tia Doreen atravessando o jardim.

— Ah, Doreen — disse o pai. — Não seja desmancha-prazeres!

— Não faça isso, Lizzie — disse tia Doreen. — Ele é louco varrido!

— Não, não é — disse Lizzie. — Ele é maravilhoso — ela deu um beijo no rosto de tia Doreen. — E a senhora também.

— Jackie! Lizzie! Como se soletra "pneumático"? Quanto é 20 mais 8 mais 7 mais 3 e mais 6? *Viu*? Vocês não sabem! Estão de miolo mole! Não faça isso, menina!

Lizzie e o pai passaram por ela rindo, enquanto corriam ao encontro do senhor Poop.

— Eles chegaram! — gritou o senhor Poop. — Abram caminho para os Corvos! Eles chegaram, Lizzie Libélula e Jackie, o Plumoso, os voadores locais! A Competição do Pássaro Humano! CHEGOU A HORA DA GRANDE COMPETIÇÃO DO PÁSSARO HUMANO!

— Ah, os malucoides — disse tia Doreen. — Os debiloides. Os tontos, lesados, aloprados, desmiolados!

Ela se engasgou quando o senhor Mint passou correndo em frente ao portão com fogos de artifício amarrados nas costas e um chapéu pontudo na cabeça. Ele lhe jogou um beijo.

— E o diretor voador, Míssil Mint! — gritou o senhor Poop. — Abram caminho para ele! Abram caminho! Abram caminho!

O senhor Poop viu tia Doreen parada ali e aproximou-se do portão.

— Alguma inscrição de última hora? — perguntou ele. Arregalou os olhos. — E a senhora?

— Eu?! — resmungou tia Doreen.

— Isso mesmo! Junte-se a nós. Diga seu nome e seu método de propulsão! Não hesite. Levante voo com os outros!

Tia Doreen enfiou a mão no bolso do avental. Jogou um bolinho no senhor Poop, que se esquivou e riu.

— Ahá! — ele gritou. — É a Dora Bolinho, de Dungeness?

Ela jogou outro bolinho nele, depois correu para dentro da casa. Pegou a banha, a farinha de trigo, os ovos e a água. Pôs tudo numa tigela e começou a mexer, misturar, sovar e cantar.

— Bolinhos, bolinhos, delícia de bolinhos...

Lá fora, começava a competição.

— O PRIMEIRO CONCORRENTE! — gritou o senhor Poop. — Pica-Pau Wallie, direto de Whitley Bay!

Tia Doreen parou para prestar atenção.

— É loucura — ela disse. — Impossível. Ninguém consegue...

— CINCO! — disse o senhor Poop. — QUATRO... TRÊS... DOIS... UM! Lá vai ele, pessoal!

Ouviu-se um rufar de tambor. A multidão aclamava. Tia Doreen fechou os olhos e rezou.

— Vamos, Wallie! — berrou o senhor Poop. — É ISSO AÍ...! ISSO...! Ah, não!

Splash! E foi água para todo lado.

— Não tem importância, Wallie! — disse o senhor Poop. — Quem é o próximo da fila?

16

Tia Doreen misturou a massa, mexeu, bateu e sovou.

— Bolinhos! — ela cantou. — Delícia, delícia de bolinhos...

Ela parou, tremendo.

— Meus miolos estão fritando e ficando moles — ela disse. — Minha mente está se retorcendo e rodopiando. Meu coração está pulando e palpitando. Oh! Arre, irra, ar...

Mas ela não tirava os olhos da janela, da competição. Seus ouvidos estavam atentos ao senhor Poop.

— Que máquina fantástica! — disse o senhor Poop. — Que criatividade, que invenção, que engenhoca!

Tia Doreen não conseguia ver nada. Mesmo na ponta dos pés, não via nada além das árvores e do céu.

— Está pronta? — perguntou o senhor Poop.

Tia Doreen não se conteve. Correu para fora. Subiu na cerejeira do jardim.

— Pedale com força, moça! — gritou o senhor Poop. — Pedale rápido!

Tia Doreen lutava para chegar mais alto. Avistou o céu por cima do rio.

— Pedale com mais força! — gritou o senhor Poop. — Pedale MAIS RÁPIDO! MAIS RÁPIDO! MAIS RÁPIDO! Ela conseguiu!

É verdade! Tinha uma bicicleta com asas no céu. A mulher pedalava tão rápido que não se viam seus pés. E a multidão gritava, aplaudia e celebrava.

— Mais rápido! — gritava o senhor Poop. — Mais rápido ainda, moça! É isso aí! AH, SIM...!

Mas a ciclista se desequilibrou e caiu. Ouviu-se uma forte pancada, água espirrando para todo lado, e o murmúrio de decepção dos espectadores.

— AH, NÃO! — gritou o senhor Poop. — Bom, então retirem a moça da água, rapazes! Mais sorte da próxima vez, moça! E agora olhem! É Eddie Elástico! Ele está chegando!

Ouviu-se um clamor de euforia, um murmurinho, seguido de um instante de silêncio e um rufar de tambor.

Tia Doreen subiu mais para o alto da cerejeira. Finalmente, conseguiu avistar o rio. Viu pessoas aglomeradas nas margens. E viu Eddie Elástico, de macacão azul de borracha e capacete amarelo. Viu-o acenar para a multidão e apoiar as costas numa enorme catapulta, construída com um milhão de elásticos cor-de-rosa. Viu os assistentes dele puxando a catapulta para trás, esticando-a cada vez mais.

— Muito bem, rapazes — disse o senhor Poop. — Estiquem bastante esses elásticos. Puxem com força. Está tudo bem, Eddie? Pronto?

Eddie levantou o polegar. Deu um passo para trás, e outro, enquanto a catapulta era esticada.

— Excelente! — disse o senhor Poop. — Afastem-se, senhoras e senhores. Muito bem, rapazes. Cinco, quatro, três... Não, ainda não! Ainda não! — mas os rapazes não aguentaram a pressão e soltaram a catapulta antes da hora. — Segure, Eddie! — gritou o senhor Poop.

Mas Eddie já estava fora do chão, sem controle e dando cambalhotas em pleno ar.

— Aaaaai! — gemeu tia Doreen.

— AHHHH! — suspirou o senhor Poop. — AH, NÃO!

Ouviu-se um gemido, uma pancada, água espirrando para todo lado e o senhor Poop gritando:

— Que azar, Eddie! Tirem o homem da água! E agora Lenny, a Pulga Humana!

Tia Doreen olhou para baixo. Ela estremeceu. Havia subido muito alto. Como ia descer dali?

— Se há alguém que pode conseguir, esse alguém é Lenny! — gritou o senhor Poop.

— Não faça isso! — gritou tia Doreen. — É maluquice! Loucura! Não é possível fazer isso! Me tirem daqui de cima!

— Vamos! Pule, Lenny, pule! Muito bem! Mais alto! *Mais alto!* Dê um salto **para o**... Ah, puxa!

Gritos, gemidos, uma pancada e água espirrando para todo lado. E em seguida:

— Tirem o rapaz da água. Que azar, Lenny! Quem é o próximo da fila? — disse o senhor Poop.

E lá em cima da árvore, tia Doreen gritava:

— Socorro! Socorro! Me tirem daqui!

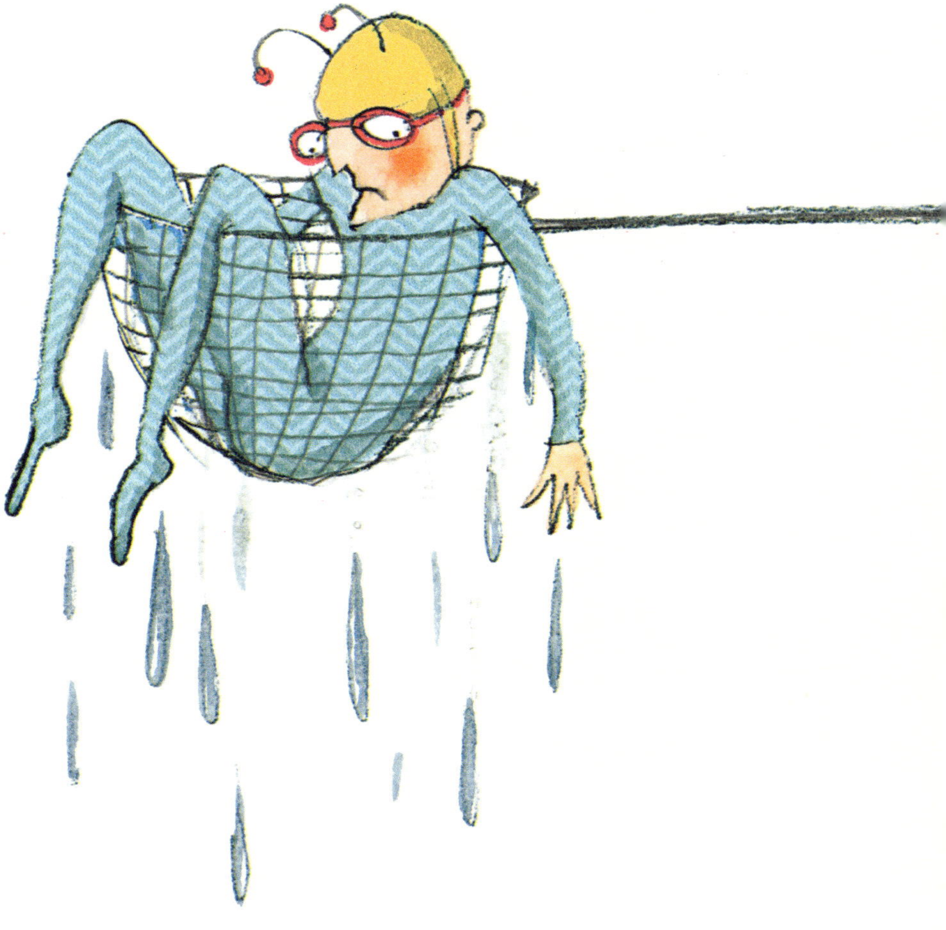

17

Na margem do rio, Lizzie e o pai aguardavam sua vez. Tremiam de ansiedade. A cada candidato, torciam e se decepcionavam junto com a plateia. Ao mesmo tempo, ficavam pulando e praticando saltinhos. Batiam as asas. Acenavam para a multidão.

Benny, o Menino-Abelha, passou zunindo por cima deles e caiu no rio. Winnie girou seu cata-vento e caiu na água, rodopiando. Bess Balanço veio dentro de uma enorme bola, quicando e descendo uma rampa íngreme até cair direto na água. Sid, o Planador, saltou de uma torre, deu três saltos acrobáticos e um mergulho perfeito no rio Tyne. O Helicóptero Humano, Hubert Hall, pulou de um telhado e as hélices do helicóptero adaptado em sua cabeça o suspenderam no ar por dois segundos, mas depois ele caiu como uma pedra. O tempo todo, a multidão gritava, os cães ladravam, os gatos miavam, as gaivotas piavam, o senhor Poop continuava em cima de uma escada, segurando o megafone à boca e repetindo uma ladainha sem fim.

Mais alto!
　　　Mais forte!
　　　　　Mais rápido!
　　　　　　　Mais coragem!
Isso! Isso! Finalmente! Upa!
Ah, que pena! Ah, não! Ah, puxa!
Tirem o homem da água!
Tirem a moça da água!
Quem é o próximo?
Maravilhoso!
　　　Esplêndido!
　　　　　Impressionante!
É isso aí!
Ah, droga! Ah, sim! Ah, não!
Que criatividade!
Ah, caramba!
　　　Ah, não, não!

　　E pancadas e água espirrando para todo lado e gritos e suspiros, até que finalmente chegou a hora.

— OS CORVOS! — chamou o senhor Poop. — Chegou a vez dos Corvos! Abram caminho para Jackie, o Plumoso, e sua filha, Lizzie Libélula.

Lizzie e o pai ficaram em pé. A multidão aclamava.

— Vejam o primor dessas asas! — disse o senhor Poop. — Que invenção! Que imaginação! Será que vão conseguir? Senhoras e senhores, aplaudam os concorrentes! Incentivem seu voo!

Mas Lizzie hesitou.

— E a tia Doreen? — ela perguntou.

— O que é que tem a tia Doreen? — observou o pai.

— A tia Doreen precisa assistir, não podemos fazer isso sem ela — disse Lizzie.

Os dois olharam para trás, para a casa.

— Tia Doreen! — gritou Lizzie. — TIA DOREEN! É A NOSSA VEZ!

A tia Doreen sabia que era a vez deles, e estava tremendo em cima da árvore, com os olhos fechados e as mãos tapando os ouvidos.

— Venham! — chamou o senhor Poop. — Quem não arrisca não petisca!

— Vamos lá! — gritava a multidão.

— Vamos lá! — chamavam os outros competidores.

— Vamos lá! — disse Lizzie ao pai, e saiu correndo para casa.

— Esperem um minutinho! — gritou o pai para o senhor Poop.

Eles correram até o portão, atravessaram o jardim, entraram em casa e foram até a cozinha. Não tinha ninguém! Ficaram surpresos. Procuraram. Gritaram, chamaram. Onde estava tia Doreen? Então ouviram um som estranho lá fora. Tia Doreen estava na cerejeira! Correram até a árvore. O pai olhou para cima, estupefato.

— Doreen — ele disse —, o que está fazendo em cima dessa árvore?

— Não se preocupe com isso agora — disse Lizzie. — É a nossa vez, tia Doreen! A senhora tem que ver a gente voar!

A voz do senhor Poop ressoava pelos telhados.

— OS CORVOS! O QUE ACONTECEU? ELES PRECISAM VOLTAR OU SERÃO DESCLASSIFICADOS!

— Por favor, tia Doreen! Por favor! — disse Lizzie.

— Mas é tudo... — disse a tia.

— Não se preocupe com isso agora — disse Lizzie. — Se a gente não voltar agora, e a senhora não vier também, vai ser tudo perdido!

— LIZZIE! JACKIE! — gritou o senhor Poop. — ONDE VOCÊS SE METERAM?

— Por favor! — suplicou o pai.

— Por favor! — pediu Lizzie.

— SERÁ QUE ELES FICARAM COM MEDO? — perguntou o senhor Poop.

Tia Doreen olhou para eles, lá embaixo.

— Mas eu não consigo descer — disse ela, com voz fraquinha.

— LIZZIE! JACKIE! VOLTEM AGORA!

— Pule — disse Lizzie. — Pule, tia Doreen, pule!

— CORAGEM! — gritou o senhor Poop.

E a tia Doreen respirou fundo, fez uma oração rápida, pulou e caiu ao lado deles como um bolinho.

18

Voltaram correndo para a beira do rio. A multidão suspirou de alívio e de alegria.

— MUITO BEM! — disse o senhor Poop. — EU SABIA QUE VOCÊS NÃO IAM NOS DECEPCIONAR. AFASTEM-SE! ABRAM CAMINHO PARA OS CORVOS!

Lizzie e o pai deram as mãos, prontos para começar.

— Nos deseje boa sorte, tia Doreen — disse Lizzie.

— Diga que você nos deseja boa sorte — pediu o pai.

— JACKIE! — chamou o senhor Poop. — LIZZIE!

— Dê um abraço — suplicou Lizzie.

— Dê um beijo em nós dois — pediu o pai.

— Diga que nos ama e que deseja boa sorte.

— VENHAM! — chamou o senhor Poop.

Lizzie e o pai não tiravam os olhos da tia Doreen. Tia Doreen não tirava os olhos deles.

— Eu... — ela sussurrou. — Eu amo vocês dois. Boa sorte!

— Estamos prontos, senhor Poop! — gritou o pai.

— OS CORVOS ESTÃO PRONTOS! PREPAREM A RAMPA, RAPAZES!

Os assistentes ajeitaram a rampa na beira do rio. Um tambor começou a rufar. A multidão urrava de euforia.

— Abram espaço para os Corvos — disse o senhor Poop, em tom mais suave. — Afastem-se! Asas e fé! — ele sussurrou no megafone. — Nada sofisticado. Nenhuma máquina, motor, nem estilingues, elásticos. *Asas, fé* e esperança e... me arrisco a dizer... amor!

A rampa estava pronta, colocada em aclive, com a extremidade suspensa sobre a água. Lizzie e o pai subiram, prontos para alçar voo. Tia Doreen espiava por entre os dedos. O coração dela dava saltos e cambalhotas. Seus miolos se torciam e retorciam.

— Vejam a expressão nos olhos deles — murmurou o senhor Poop. — Vejam o sorriso corajoso. Trabalho duro, concentração, asas e fé! E amor, senhoras e senhores. *Amor!* Se alguém merece este prêmio, são os Corvos.

— Por favor — sussurrou tia Doreen. Ela cerrou os punhos e apertou os olhos. — Por favor, Jackie. Por favor, Lizzie. Voem!

— Estão prontos? — perguntou o senhor Poop. — Estão prontos?

O pai ergueu o polegar. Lizzie ergueu o polegar. Sorriram um para o outro.

— Dez... — começou o senhor Poop.

— Nove...

   oito...

      sete...

         seis...

            cinco... Estamos com vocês, Jackie! Boa viagem, Lizzie!

A multidão rugia e roncava. O tambor rufava.

— VAMOS! — gritaram todos. — SALTE, JACKIE! SALTE, LIZZIE!

— O céu é o limite! — disse o senhor Poop. — QUATRO...

TRÊS...

DOIS...

UM...

ELES SE LANÇARAM!

Lizzie e o pai saíram correndo em direção ao rio, muito rápido, decididos, cheios de coragem e esperança. Bateram as asas quando se aproximaram da extremidade da rampa. Lançaram-se para o céu. Saltaram. E foi tão estranho, tão louco, tão fantástico! Lizzie olhou para o pai, a seu lado. Olhou para o vasto céu azul e para a cidade, que se estendia ao longe. Batiam as asas e gargalhavam de alegria, era tudo uma loucura!

Tia Doreen não conseguia olhar. Ela fechara os olhos.

— CONTINUEM! — gritou o senhor Poop.

— ISSO, CONTINUEM! — gritou a multidão.

— ISSO!

ISSO!

ISSO!

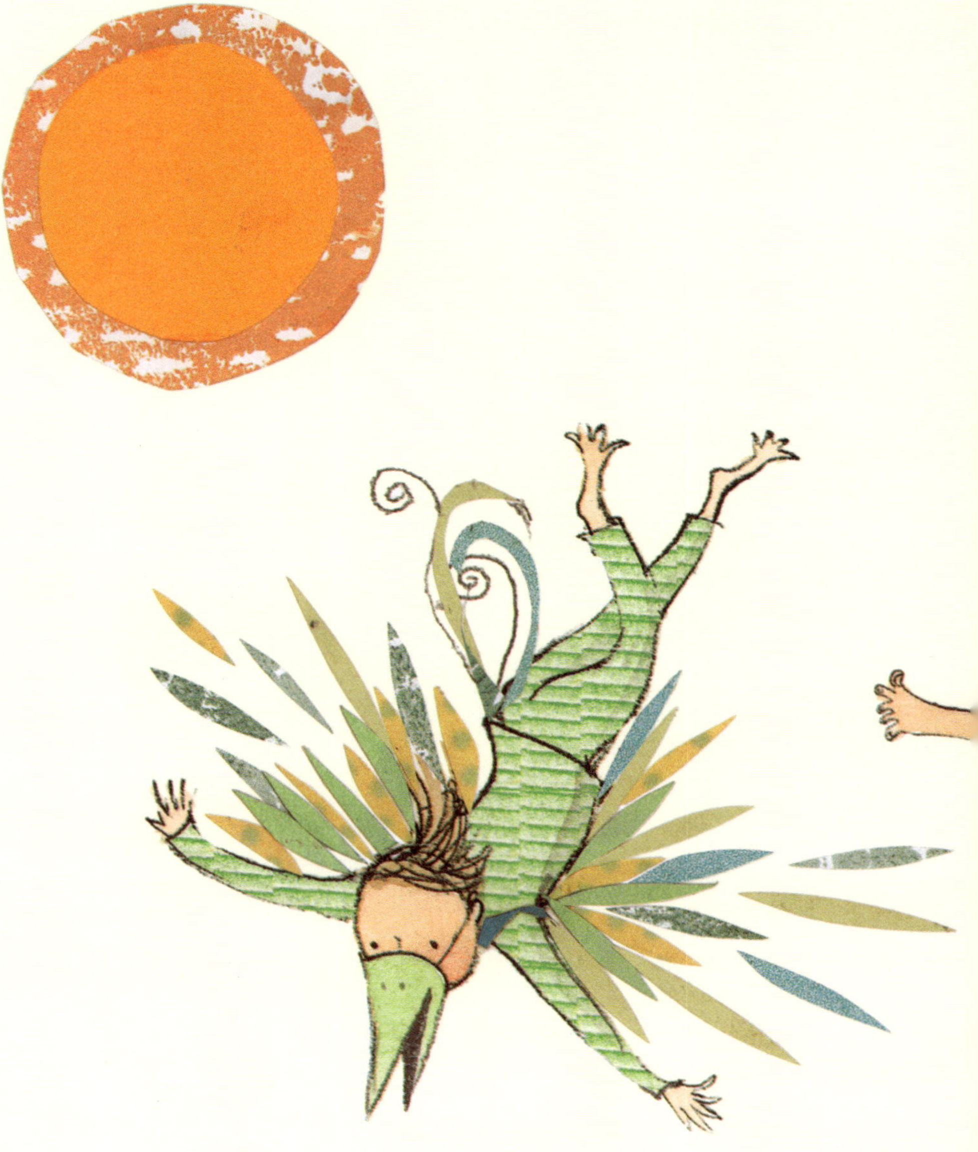

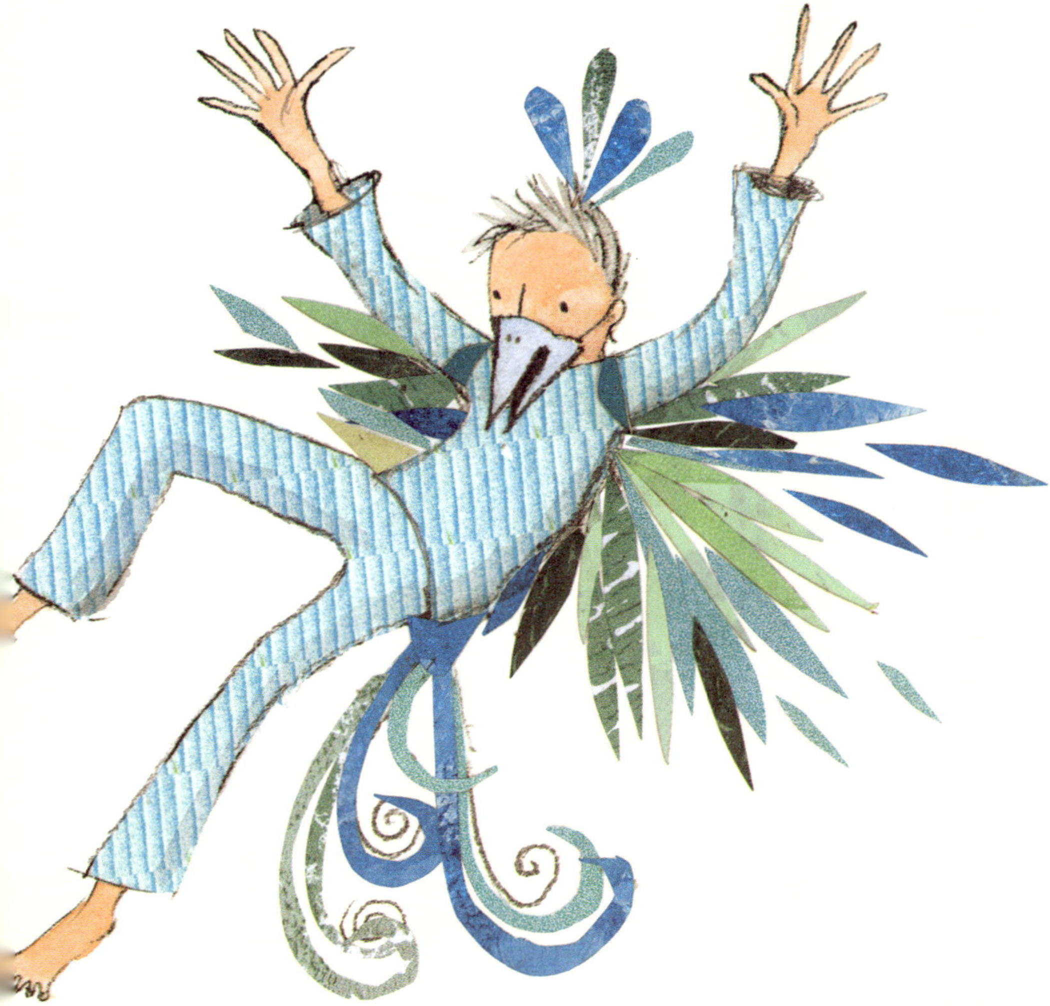

— AAAAHHH!
— gritou o senhor Poop, quando o pai vacilou e caiu.

Mas Lizzie ria ainda mais e batia as asas com mais força, com muita, muita força.

— Não tem importância, pai! — ela gritou.

— Vá você, sozinha, Lizzie! — ele gritou de volta. — Continue. Voe!

Mas Lizzie também começou a cair.

— AAAAHHH! — exclamou o senhor Poop. — AH, NÃO!

— AH, NÃO! — murmurou a multidão.

E ela caiu no rio, espalhando muita água.

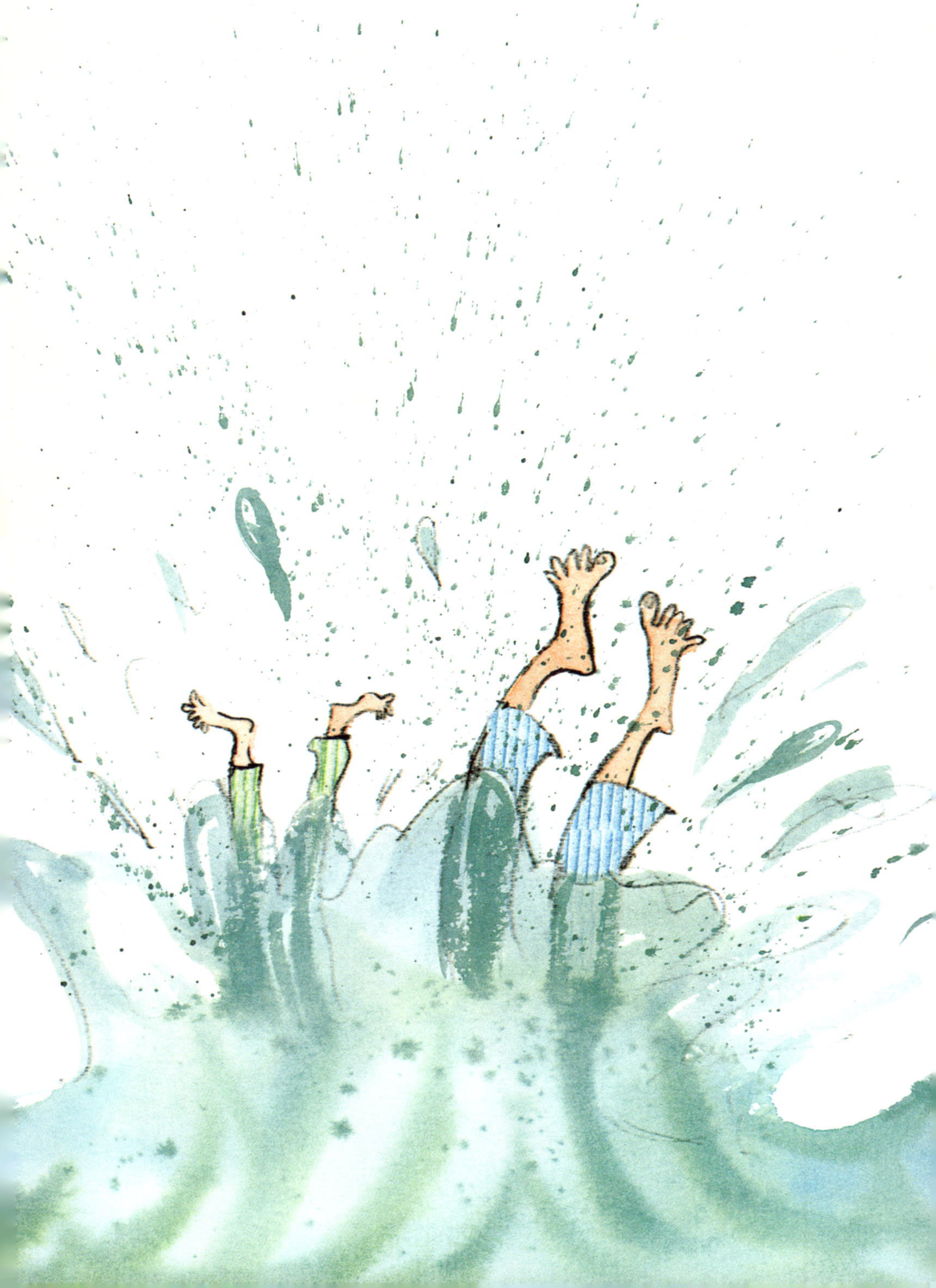

— AH, QUE PENA! — disse o senhor Poop. — Mais sorte para vocês da próxima vez, Corvos. Tirem os dois da água! Quem é o próximo?

Na margem, tia Doreen batia os pés no chão com força.

— Clíquete claque — ela repetia. — Ah, clíquete, clíquete, claque.

Ela ficou ali mais um tempinho. Viu Lizzie e o pai nadarem de volta para a terra firme e voltou depressa para a cozinha e para seus bolinhos.

19

Tia Doreen preparou uma bandeja cheia de bolinhos fumegantes, macios, clarinhos e reluzentes. Eram os melhores que ela já tinha feito, claros como neve, pesados como chumbo. Estavam sobre a mesa da cozinha, esperando a volta de Lizzie e do pai.

— Esses bolinhos vão acalmar os dois — ela disse para si mesma. — Vão trazer os dois de volta para a terra — ela enxugou uma lágrima. Esticou os braços bem alto e soltou-os, devagar. — Ah, coitadinhos — disse num sussurro.

Não demorou a ouvir o portão do jardim e os passos lá fora. Lizzie e o pai entraram em casa encharcados, com as asas ensopadas e murchas ao lado do corpo.

— Oi, tia Doreen — disse Lizzie.

— Oi, Doreen — disse o pai. — Estamos de volta.

— Entrem — disse tia Doreen. — Vamos, entrem. Tirem essas asas molhadas.

Ela os ajudou a tirar as asas e a pendurá-las com cuidado atrás da porta da cozinha.

— Olhem só — ela disse. — Tem bolinhos fresquinhos para vocês.

— Maravilha! — disse o pai.

— Maravilha! — disse Lizzie

Tia Doreen pôs uma toalha no ombro de cada um deles. Sentaram-se todos à mesa e comeram bolinhos.

Lá fora, começava a escurecer, e Lizzie e o pai cantaram baixinho.

O sino da tardinha soa,
E lembra manteiga e broa.
A noite logo aparece,
E em torno tudo escurece.
Só resta a escuridão
Como dentro do tubarão.
Vamos dormir um soninho
Contando carneirinhos.
Felizes vamos todos ser
Do amanhecer ao anoitecer.

— Que canção linda! — disse tia Doreen.
— Obrigado — disse o pai. — Fui eu que fiz.
— Que homem inteligente! — disse tia Doreen.
Então Lizzie disse baixinho:
— Quarenta e quatro.
— O que é quarenta e quatro? — perguntou tia Doreen.
— A soma que você me perguntou: 20 mais 8 mais 7 mais 3 mais 6 — disse Lizzie. — É 44. E "pneumático" é P--N-E-U-M...
— Correto — disse a tia Doreen. — Bom, acho que é. Você é uma menina tão inteligente!

Eles continuaram a comer e a cantar, e depois o pai se recostou na cadeira.

— Esses bolinhos... — ele disse. — Hum. Doreen, esses bolinhos estão deliciosos.

— Ah, Jackie — disse tia Doreen. — Você é mesmo adorável. Tome, coma mais um.

Lizzie e o pai estavam mais afetuosos e mais felizes. Suspiravam e sorriam, e enfim Lizzie não pôde mais ficar calada.

— Ah! — ela deu um suspiro. — Foi simplesmente *espetacular*! Foi tão... Ah!

— Foi *fantástico*! — disse o pai. — Foi *formidável*! Foi tão...

— Ah, a gente correu tão *rápido*! — disse Lizzie.

— E pulamos lá do *alto*!

— E batemos as asas bem *forte*!

— E alcançamos o *céu*!

— E o ar estava tão *limpo*!

— E foi *fantástico*!

Eles se entreolharam com alegria. Relembravam tudo com muita satisfação.

— E não importa — disse o pai. — Não importa que eu tenha caído!

— Eu nem fiquei triste, até dei risada — disse Lizzie. — Não importa que eu também tenha caído!

— Eu até achei graça — disse o pai. — Ah, e o rio...

— Tão *molhado*! — riu Lizzie.

— Tão *frio*!

— Tão...

Eles deram um pulo da cadeira. Começaram uma dança de pássaros em torno da mesa.

— Venha, Doreen! — convidou o pai.

— Venha dançar conosco, tia Doreen! — convidou Lizzie.

Então a porta se abriu e lá estava o senhor Mint, também encharcado, e com o fundilho das calças queimado.

20

MORTIMER! — gritou tia Doreen. — Você também?

— É, eu também, Doreen.

Ele entrou molhando tudo e balançando a cabeça.

— Mas foi *maravilhoso! Fantástico! Pum, bum! Chuá! Pum, bum! Chuá!*

Ele ria.

— Coma um bolinho — ofereceu tia Doreen.

— Que maravilha! — ele disse. — Delicioso, Doreen!

— Estamos dançando, venha dançar também! — convidou Lizzie.

O senhor Mint comeu o bolinho e juntou-se à dança em torno da mesa.

— Venha, Doreen — ele disse, e estendeu a mão para ela.

— Mas os bolinhos vão esfriar — ela disse.

O senhor Mint a puxou para junto dele.

— Você vai adorar — ele disse.

Finalmente tia Doreen se levantou da cadeira e se juntou a eles.

— É isso aí, tia Doreen! — disse Lizzie.

— É assim que se faz! — disse o pai.

Ela dançava cada vez mais rápido e mais intensamente, rindo até não poder mais.

— Você está fantástica — disse o senhor Mint. — Está *maravilhosa*!

— Os meus pés estão no ar? — tia Doreen perguntou, gritando. — Os meus pés já estão no ar?

— Estão! — respondeu Lizzie. — Estão sim, tia Doreen!

Estão no ar mesmo!

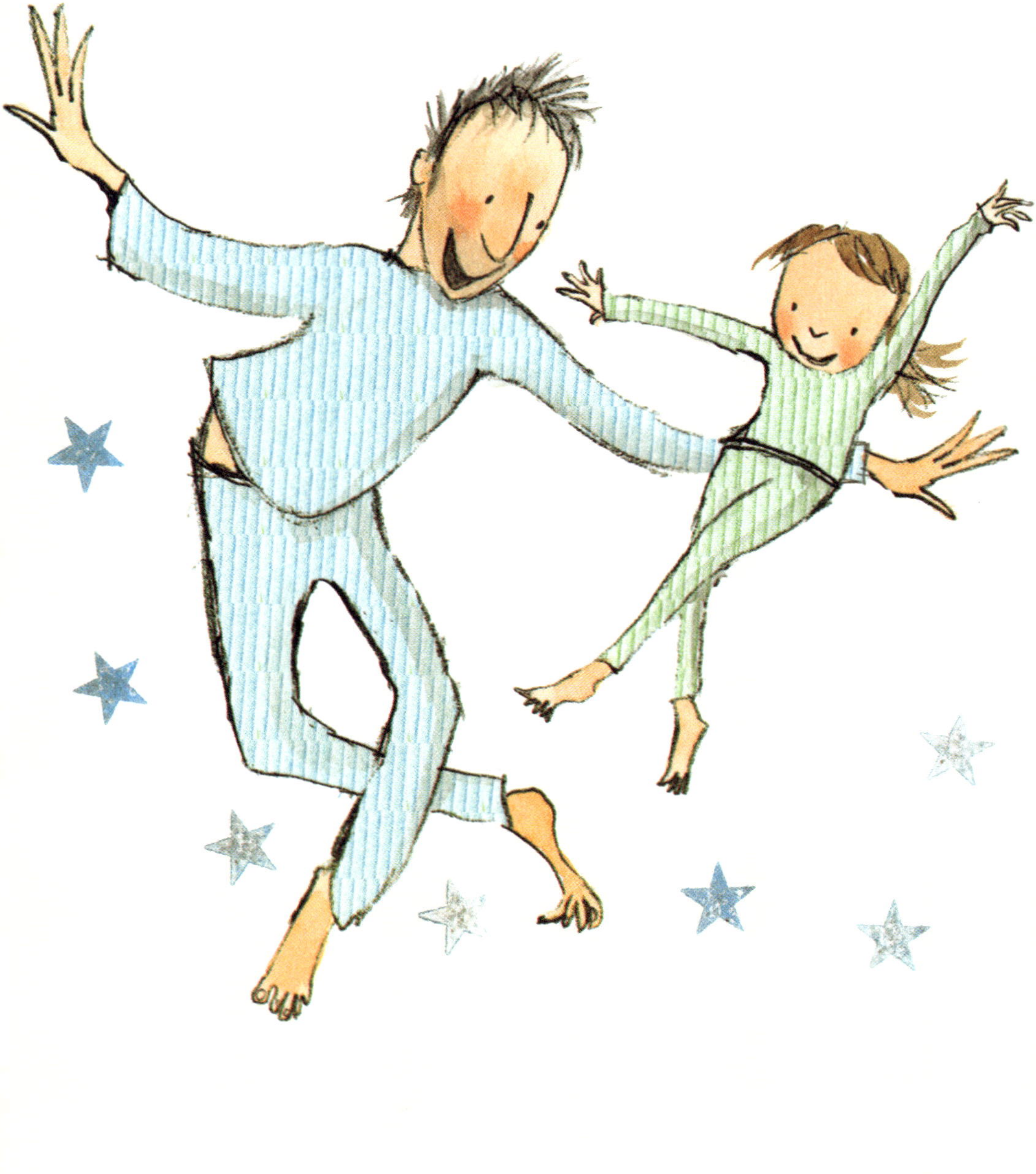

David Almond é mundialmente conhecido pelos livros *Skellig* e *The fire-eaters* e por muitas outras histórias e peças teatrais. Ganhou os prêmios Carnegie, Whitbread e Smarties. *Meu pai é um Homem-Pássaro* é seu primeiro livro para o público infantil, e ele o descreve como "um livro breve e alegre, cheio de humor e esperança... um verdadeiro livro infantil".

David foi criado numa família grande e animada, numa cidade de minas de carvão às margens do rio Tyne, onde muitas histórias se tornaram parte de sua vida. "Eu sempre soube que seria um escritor. Redigia histórias e costurava meus próprios livros. Meus tios e tias enchiam uma sala inteira de amigos e conseguiam fazê-los chorar de rir com suas histórias. Eu adorava a biblioteca local e sonhava um dia ter livros com meu nome na capa. Sonhava também jogar pelo Newcastle United (e até hoje espero ser chamado...)."

David mora em Northumberland, na Inglaterra, com a família. Escreve numa cabaninha no fundo do seu jardim, onde prepara chá e recebe a visita dos pássaros.

Ganhou o Hans Christian Andersen 2010, prêmio de maior prestígio da literatura infantil.

Polly Dunbar estudou na Brighton Art School e mora em Brighton, na Inglaterra. Autora e ilustradora de *Dog blue*, *Flyaway Katie*, *Here's a little poem* e *Penguin*, ela acha que as cores são uma maneira maravilhosa de dar ânimo às pessoas. "Foi tão gostoso ilustrar *Meu pai é um Homem-Pássaro*! É engraçado e colorido, e ao mesmo tempo comovente." Sempre que está triste, veste seu melhor vestido cor-de-rosa e pinta. E, quando não está desenhando, adora fazer marionetes.